舖貓紀

寫舖頭貓，也寫城市；
是真實故事，也是文學創作；
探索寫作可能，也探索動物倫理。

貓與店舖

貓與城市

貓與社區

鋪貓紀

愛貓也愛城

「舖貓」指在商店或餐廳等場所飼養的貓。牠們最初的出現，大多是為了治鼠，後來卻逐漸成為店鋪乃至於街道的吉祥物。舖貓可愛的面容與舉止，不僅治癒勞累的店主，亦為顧客提供了造訪的理由。一個有舖貓的社區，總是格外溫馨。

舖貓也是本地其中一個城市標誌，不少外國攝影師長途跋涉來到香港，專門拍攝貓咪在老舖的雜物間縱走橫跳、伸腰酣睡的身姿。本書同樣擁有迷人的舖貓相片，卻又不止於相片。作者陳微花費不少心血去走訪各個社區，與舖貓相處，跟舖貓的主人訪談，匯聚了眾多第一手素材後，再以文學的手法提煉，寫成一個又一個引人省思的舖貓故事。

這些故事以貓咪寫城市，也以城市寫貓咪，精準地描繪了這座「貓城」的風貌。與此同時，作者於筆墨之間著力探討動物權益、城市更替等議題，她的努力為「舖貓」二字賦予更多的深度——關於貓咪，原來除了可愛與迷人，尚有很多待我們去探索及討論的事情。

香港青年協會一直鼓勵青年關心社區。今趟作者以舖貓作切入點，是一個有趣的嘗試，充分展示現了青年作家的創意和感情。期望日後有更多有志於寫作的年輕人，能夠透過本會的「青年作家大招募」計劃，為公眾呈現寫作作品的可能性。

何永昌先生，MH
香港青年協會總幹事
二零二三年七月

寫貓，或讓貓改寫

陳微是我舊生——我一直不太敢這樣說。2018年，我主持「散文工作坊：變音器和留聲機」，得知陳微報了名，大嚇一跳。我們都教寫作，只是我通常在大學，她在中學。萬一我教得太差，算是在同行間丟臉了。再說，她跟我朋友交好，我早就把她當作同輩了。陳微自信地笑道，她還年輕，才不算我同輩！這倒是真的。不過她又有強烈的焦慮，覺得自己遲遲未寫出成績。結果她交來的散文，無疑是那寫作坊上最優秀的一篇。

不遲，一點也不遲。

我跟陳微一樣，沒養貓，卻愛貓。所以我把本文視作同好間的交流，而不是老師高高在上的指點（反正我不想認老）。我看了《舖貓紀》，非常驚訝，因為它避開了保證大賣的寫法。可以想像，這本書大可包裝成愛貓者的鋪頭貓旅遊指南，讓讀者跟著地址逐一尋訪。更媚俗一點的話，還可以提供各店的逗貓攻略。陳微非但沒提供地址，連鋪名也隱去。為甚麼？她跟我說，不想老闆和鋪頭貓被打擾。陳微果然比我細心，沒忘記觀察者應有的距離。不合宜的愛，可以像冷漠和恨一樣可怕。

據說台灣最美麗的風景是人，香港呢，可以是貓嗎？著有《香港鋪頭貓》（*Shop Cats of Hong Kong*）的荷蘭攝影師 Marcel Heijnen 說：「像香港這麼多店鋪貓，我從未在其他地方見過，這真是 Hong Kong thing。」文字的描寫方式異於相機，不能在時間的橫切面上保留一切細節，但勝在可以糅合各種感官印象，又可以在敘事中展現時間層積的變幻。當年陳微的習作寫失眠的聲音，《鋪貓紀》中的〈馴悍記〉也善用聲音去展現敘事者「我」與藥房貓的關係變化。初遇時，他在貓眼中只是無數可疑的陌生人之一：「誰來到牠的面前，牠都要 fee 人，張口露出鋒利的狠勁，喉嚨深處有壼常在沸騰的滾水，一觸，滾出許多冒熱氣的泡泡，咕嚕咕嚕。」他不急著衝破邊界，只是靜靜拍照，緊記關掉快門聲。

漸漸，貓不 fee 他了，換上輕輕的「喵」，甚至讓他抱起。「曾經在牠身上燃燒的烈焰，化為清涼的貓叫。」

《舖貓紀》取材自陳微親訪商舖的見聞，但她不是記者，多次斬釘截鐵地對我說：這不是採訪稿。我以為〈馴悍記〉中的「我」就是陳微，她卻告訴我那是她的訪問對象。仔細讀來，不難體會她對散文創作的雄心：她嘗試在真實素材中注入想像，改變敘事角度，探索各種寫作形式。〈聽話〉以人類對貓的獨白貫穿全文，藉此暗示跨物種之間（不？）可能的溝通；〈店舖守則〉從香料店引起神秘的想像，把貓寫成法師；〈my.cotton.candy.and.my.baby〉借用社交媒體的形式，展現愛貓者的互動。

多年前在網上看過一幅迷因，刻意錯配量詞來調侃貓。牠們軟趴趴的，又愛把自己灌進不同形態的空間。用「一坨」、「一灘」、「一盒」、「一碗」來形容貓，誰敢說不貼切？要寫百變的貓，陳微把自己也變成貓。

我不想一味強調《舖貓紀》的想像，因為它顯然有心回應香港舖貓的現實處境。IG 上可愛的貓貓短片，動輒上萬人讚好，陳微卻不甘複製貓最討好的一面。鋪貓比野貓更容易受到溺愛，《鋪貓紀》的整體筆觸也是溫馨的，但偶爾閃過人類投訴、遺棄、虐打、偷竊的陰影。

陳微的另一雄心，在於探討貓和空間的關係，所以全書分成「貓與店鋪」、「貓與社區」、「貓與城市」，三輯步步推進。貓活得好不好，多少視乎人類主導的社會如何運作，但更有趣的是，貓有時候可以反客為主，改寫牠身處的空間。〈好貓如水〉的鋪貓重病，「店面變成加護病房，年青人剝下老闆的外衣，只做貓看護」。〈貓咪調酒師〉的酒鋪老闆，本來為了抓老鼠才養貓，後來成了貓奴，早就醉翁之意不在酒。鋪貓打破的酒瓶再多，老闆仍不離不棄，還在店裡多養幾隻。這哪裡是酒鋪，明明是滿地酒香（和玻璃碎）的貓樂園。〈公園仔〉的藥房貓耳朵發炎，在facebook引起騷動。牠經常出入大明里廣場，街坊説不出那裡叫甚麼，只記得那是「有貓的公園」。當貓溢出鋪頭邊界，人類的社區也隨之重組。

願這個城市有更多人寫貓，甚至反過來，讓牠們改寫。

詩人、專欄作家　**陳子謙**

舖貓的微社區學

理解一個城市的人性，就是去看貓對人的態度。對於這個城市，沒有人比貓們更了解這一切，然而在沒有公共空間的社區中，街貓基本上都只能回到最隱閉的地方，而身在私人空間的家貓，則視斗室為天地。可能就只有舖貓，能在街邊傲視人群，而不會被人驅趕，一天看遍路人的舖貓，對人們總是愛理不理。

但這種不理，卻又成為一切的連結：客人與店主、情侶之間、父女之間、社區與店舖之間。與陳微逛店之時，她會選擇先離遠觀察這些連結，再感受店裡的空氣或氣氛，從不主動打擾。當她慢慢把連結放在貓店長身上，和店員一聊時往往可以一見如故，因為種種故事，似乎在舖貓、店員及店舖之間早已透露。

種種故事是相當豐富的，陳微嘗試用最多的角度去描繪一店一貓，有她看到的人與貓、有店員記憶中的貓生、有店舖與貓編織出來的歷史、更有最重要的，從舖貓眼中所看到世界，除了視點的高低與店的空間，店的類型對舖貓來說，必然是完全不同的，陳微亦沒有強行想像貓的想法，留下一個文字領域，讓種種故事互相發生，連結而成為真正的社區。接下來，當你看見那貓尾巴在高高搖動時，就請跟著陳微的文字走進店裡。

劇評人、大學講師　**江祈穎**

貓城我城

讀著陳微傳來的貓城故事，當中延伸出來的支線，不僅交織著貓的經歷，也觀照人類的眾生相。收到邀請撰寫推薦語之時，打從心底為她欣喜，她是我寫作上的戰友，縱使大家筆耕的方向不盡相同，卻無阻交流，時常閱讀彼此的作品。這本新書的誕生，是陳微帶領大家走進城市各處，細看貓世界內外的百態。

古今中外，許多作家都喜歡貓，波蘭詩人辛波絲卡（Wisława Szymborska）是其一，在此借用她的幾句詩，回應本書給我的聯想：

死掉——你不能對貓做這種事
因為你要一隻貓
在空屋裡做甚麼
爬到牆上去
還是在家具間磨蹭
一切彷彿沒甚麼改變
但是已經被替換過了
一切彷彿在原來的位置
但是它們之間的距離變大了
而在夜晚　燈已經不再亮起

——節錄自〈空屋裡的貓〉，林蔚昀譯

陳微在書中所寫的每個真實故事，並非單從人類的角度出發，她會轉換視點，文中的敘述者，時而是人，時而是貓，使本書擺脫傳統的訪問框架，成為多層次的貓城誌。正如辛波絲卡〈空屋裡的貓〉所述，貓敏感於外在環境的變換，而本書的故事，向讀者展現變幻莫測的世界中，不一樣的貓生。

我相信作品本身，自有它的力量，在此不劇透了，僅僅分享片言隻語。我最喜歡的一篇是〈公園仔〉，人如流水般從四方八面流向貓，流向公園仔，其中的貓成為一道獨特的風景線，向我們發出貓語，等待眾人來傾聽。其餘各篇同樣精彩，喵。

詩人、廣告人 **萍凡人**

似是無貓卻有貓

我是一個沒有養貓的貓奴，居所的環境不容許，即使容許，亦承受不住生命之重。而最先是喜歡狗，人生走過的路更深之後，我始覺醒，貓恆久地對世界保持距離的狀態，專注於騰出一面虛空，幾乎像是面向自己，如無一物能擾。依然會喜愛狗，只是，狗那樣對諸般事物義無反顧的熾烈，這樣的無邊界，我沒法再不計成本地拋擲。

再親人，應有淡薄的隔絕。像貓，既在身旁，卻又隔著互不干涉的薄膜。

人的關係輕易變成朽木，變成腐布，輕易便捏碎，完全經不起那些自我感動的堅定誓言。走在街上，卻能隨意俯拾貓的溫度，牠喜與不喜，就明擺著姿態，直白得無可謀算的地步。我揮別了一種慣性，來到舖貓面前，你好你好，你喜歡我嗎？不喜歡也不要緊，我們彼此，不假意。

舖貓嗅聞過我的氣息，而牠決定把頭埋在我的皮膚，便是真心，那麼脆軟的皮肉，牠坦露自己來接納我。像我這樣的一個陌生女子，唐突地出現，牠們願意的話，施我一絲的暖意，若是不想，牠們亦能與我同在。

貓充滿著我內在的房間，我走近貓，愈發現，舖頭貓真是殊異的存在。牠既非家貓，亦非野貓，能像家貓般與人相對，又帶著野貓行走於外的冒險心。我經過一間間舖頭，貓是跟店主的通關密語，再沉默向內收斂的人，亦能傾倒他們的話，省下不說的字，全部留給貓。店主們對舖貓的心比較大，順著貓的毛摸，牠想出去就放養，走遠了，出去久了，舖貓自己有路回家。貓想怎樣，其實人類也干涉不來，牠們就是那樣活在自己的時空，散發出貓味，引得人人想擠進去貓的維度。探視貓的時候，貓大多數是沉默地，扮作一團棉被，頻繁發出「喵」聲的，反而是人類。不必等下世投胎，此刻便想當貓。

沒有比貓更適合養在店裡的動物，體型輕巧，鑲在店裡不佔空間。狗的熱情過於壓倒性，消耗店主太多心神，對貨物構成危險，雀鳥無法與人互動，脆弱不堪觸碰。貓卻有天生的機敏，喜愛跳躍卻悄然無聲，店內堆砌如山的貨物，牠們不會打破碰爛。那樣安靜自持，可以親人，卻不許輕易接近，能明白人的情緒，又不會過度干犯，畢竟，不合宜的關心，反過來便成了利刃，刀刀割人心。保持距離的愛，反而能長久。

奇異的是，香港舖貓之密集，視線調低，隨便穿過一條街，輕易就有十隻八隻懶慵慵的舖貓。這是香港獨有的風貌，尤其老區更多，舖貓原就是因應城市衛生狀況而生，衛生不佳的老日子堆疊，輕輕一翻便抖出鼠，老一輩用天敵治鼠，這本城市歷史書的夾縫，抖出更多的「貓」字。老時代裡的貓，是功能，演化到今天，貓是主子，在舖頭大多負責舒服，《舖貓紀》的「紀」，就是帝王本紀。

香港的空間特色，以一個「疊」字概括，人類所佔的地多，過度壓縮，逼使人與動物的生活環境重疊；香港的生活特色，又以一個「忙」字概括，常問店主，為何要貓要養在舖頭，而不養在家？答案幾近清一色：「我在舖頭的時間比在家長，只能在這裡照顧貓。」生活是重影，影子裡人貓共存，擠在狹小的長方形盒子，舖頭類型不同，裡面擺放的物品迥異，貓的狀態也會轉變，也反過來改變空間。這樣微妙的角力，人與貓，貓與地，地與人，三者互相牽制，彼此影響著、改變著，攪拌出來的水泥漿，重新鋪設了空間。所以，書中以三個章節分類，由細小的舖頭、社區，以至於城市，一些貓投進去，激起一環一環漣漪，不動聲色地改變這個地方。

《舖貓紀》從一開始便刻意隱去舖頭名稱、位置，模糊所有，我擔憂過度曝光會傷害了舖頭和貓，過多的喜愛，會使日子變沉重且溢滿。也是覺得，舖頭是哪一間，舖貓是哪一隻，這些不重要，書中要呈現的，是典型。走訪的舖頭多了，那些擁貓的歡快與搖擺，沉在城市積層的敵意與苛待，動物面前疊起來的高冷的牆，一個城市的文明，可以從貓的待遇看見。相比起展現貓的軟萌，人貓溫馨，我更想提出來：貓，或任何動物，是否該得到尊重？動物有牠的感受，這些情感，是否需要正視？

貓書有許多，了解舖貓的書卻比較少，《舖貓紀》選擇了一條難行的路，人生第一本書，我斗膽用來做實驗，試了好些不同尋常的方向。編輯與幫忙寫序的作家陳子謙是意外的，他們知道，每一篇都是我親自訪問舖頭，但這原來不是舖貓訪談錄，更不是舖貓寫真集。舖頭的故事素材是真實的，編排上我卻以意創造。為了理清我的創作意念，找出虛與實的比例，意外地花多了時間。

寫作之中不自覺，跟從直覺穿過隧道走出來，才發現某些心念牽引著我，《舖貓紀》裡的每一篇，說是小說，內容是真實的；說是散文，裡面卻有我的想像與編排；說是真實改編小說，又不盡是小說技法；說是報導，但是偏重於文藝創作。這樣以虛包裹實，以實支撐想像，我勉強形容為「虛實寫」，無以歸類，所以無從察覺。

比如說，〈my.cotton.candy.and.my.baby〉裡所有內容全都是真實，姨姨確實有一個記貓的IG帳號，但是，我把兩位姨姨所說的故事拆散，化為IG帖文、愛貓朋友的留言；〈馴悍記〉的敘事者「我」，以無比耐心融化May May的影貓人士，是我的訪談對象；與貓貓相見之後數天，牠便離世，我覺得，貓既有幾歲小孩的智力，牠最生命的最後數日，或許也會看見貓生走馬燈，〈最後的冬天〉是老闆女兒說的故事，我借用貓貓的口說出來；〈洞穴修行〉裡Busca的故事，我甚至把捧著書閱讀的「你」也拉進去，一同跟著敘事者親眼目睹Busca的十八年貓生，是虛擬的說話對象，但是，捧書的讀者個個是真；〈沉香爐〉去銅鐵店買沉香的「你」，又真有其人，我跟老細聊天時，剛好有一位女士前來問沉香，我便借她來裝載故事。聽故事的是我，說出來的是我亦不是，文章裡，我也不時參上一角，〈最後的冬天〉、〈沉香爐〉裡面拍貓的女子，是我，悄然穿梭在敘事空間，隨我樂意變成誰。

裡面有好些人的想法、情緒、感覺，我控制在一個合情理的範圍內，順著貓奴的說話推敲。人說一句「愛貓」，我便拉長這些句子，找出隱沒其中的話，愛貓，所以看見貓會舒心，亦會掛念牠是快安好。有時聊天，眼前的人，不盡是口若懸河，他們言說與未能表達的，我嘗試補完，對方也總會表達，我能夠清晰而精準地代他說出來，這樣的能力，也帶進文字裡。

後來才突然醒覺，何以我如此不自覺地，踩踏在虛與實的邊界走鋼索。我一直在做文字工作，而有段長時間，是做一位有錢人的代筆。他有寫作的意欲，卻是位英文人，欠缺中文文字能力，我的工作，是聽取他零碎的意念，走入他的身分，寫出一篇篇思考完整的文章，裡面的「我」，便是他。我是同理心強的人，這是有心理專業人士的認證，輕易能切換思考角度，用別人的思維方式推敲，像鬼魂一樣，幽幽地，隨時上別人的身，變成那個人的性情。

到後來，已經無所謂「代入」的意識，我就是他們，我可以是任何人。隨意切換敘事角度，給予我更多可能，探索散文寫作的邊界，或是，穿越它。

書中的貓寫真，全是我一人拍攝。曾有朋友提議我找影貓的攝影師合作，自然，我是非常業餘，一支50mm定焦鏡便拍完，可是，拍出來的相片，便是我眼裡的貓。那一天，那一次相遇，貓接觸了我而生出所有反應細節，用我的方式截下來、封存。無論以後如何變幻，相片那方寸之地，有我與貓永遠的一刻，我們同在一起。書中所有的貓，皆是我偶遇所識，有名的、媒體訪問的舖貓眾多，不需要由我再增添名氣，要寫，就寫些未為人知的。所以，時常背著攝影裝備出去，獨自漫遊長街短巷大半天，偶然有貓奴朋友加入，緣份到了，一天結識三隻貓，也有時一隻不得，《舖貓紀》裡每一隻舖貓，都是天意，緣份的串連。尤其是，Busca和貓貓在見面後不久，便因老病離世，更感到內心有一股非寫不可的決絕，為牠們在世上留下記憶。

拍攝貓照比訪問困難，因為，貓就是愛理不理。我從不強逼，為了心目中的構圖擺弄貓、惹貓不悅，強行剝開牠們保護自己的積層。牠們願意躍動，或是選擇扮石像，這就是牠願意攤開的全部，我安守一名觀察者的本分。這是尊重，亦是自重。

《舖貓紀》成書的過程艱辛，各種突如其來，天意或人為的差池，應付到我懷疑人生。最驚心的是，應該要完稿的時間，總感到書稿的方向不對勁，直覺說，有更應該走的方向，心的召喚強烈，我決意砍掉重寫。結果是，三個月裡寫完一本書，壓線再壓線，自己覺得瘋狂，過勞亦引發前所未見的病症。寫作是焚燒自己的靈魂，疾病如水泡接運冒出，精神磨成碎屑，身體在書稿最後階段倒下，發燒三天，纏綿在床榻，身上的滾燙只好當做寫作的熱情。作者病完又病，更苦了青協的編輯們，追著我，或是被我扯著跑，大家的身心健康被我壓在死線的牆上磨擦，很是對不住他們。而且，一位無視市場的作者，那樣任性頑固，堅持所相信的，幾乎是把編輯們的心血拿來賭搏。賭一場的結果會很極端，要不我眼光超然，否則如山崩地裂，根本沒有相對溫和的中間點。

寫成這本書，由衷地感謝陳子謙，從前上他的寫作班是偶然，遲遲未起步，功課猶豫地交出去，得他一句「有寫作天分」，那刻，肚裡有蝴蝶翩然。他雖然忙，總偶然抽時間點評我的文章，也因為忙吧，一開口就是挑筋拆骨，正中文字裡的病根。除卻才學，我敬重他的溫和，他不像老師或前輩（反正他不願意認老），就是學長吧（這樣形容夠年輕了），一位在前頭提點我的大哥。他有神奇的超能力，分明每句都在剖開我，血淋漓，新鮮挖出來的弱點，然而，聽進耳裡沒有一絲難受，只感到忽爾耳聰目明。從前上他的寫作課便是如此，今日的果，有他往昔澆下的水。

感謝江祈穎、萍凡人，他們是我在寫作上的好朋友、好同伴、好絲打，時而提點我、推動我，為我籌謀，鼓舞著彼此。萍凡人形容得好，是戰友。寫作路上唯三朋友，都在這本書裡了，我懷著感激把他們請進我的書裡，與我作伴。

寫作，自很小的時候便喜歡，文字佔據我大部分人生，只是，真正用上「矢志」這樣強烈的字眼，是2021年冬天，此後發盡能發的力氣。身為意志薄弱的人，在人生許多的角落，我也無法構築堅定的支柱，拿起過也丟掉了很多事物。唯有文字，是我再頹廢亦不棄絕。

一切源於我無心為之，那些選擇，落在地種生長，種出比我幻想中更斑斕的果子。舖貓的題材，早在成書以前已經在寫。前年模模糊糊地，跑進書展交報名表，參加寫作比賽，獲得銅獎，得了一個專欄，是我寫舖貓之始；去年參加書展，展出我其中一篇專欄，我在想，來年也要來書展；去年底，以舖貓題材寫計劃書，參加青協的「青年作家大招募」比賽，竟這樣出線了。今年，書展的幾千萬本書裡，有一個格子，印上我的文字，我的貓，我的城市。

回到已遺忘的那一天，貓走進我的心念，跳上跳落，有時是固體有時是液體，填充那些空出來的地方。即使不見牠們，我仍然感受到圓潤柔軟的肉球，輕拍著我的精神，與我的世界發生無可解釋的連結。我牽拖著苦難磨剩的殘軀，啊，人類與人類，可以生出那麼多的巨大差異，因差異生出來的死，竟然在貓的身上找尋到生機。僅僅是剎那溫暖，足以伸延到日後，我心中的貓，無任何事物可以褫奪。

作者　**陳微**

貓與店舖

貓咪調酒師

阿Sing / 莫古 / 奀皮 / 冰冰 / King King

安穩舒服地歇在貨倉的窩，

穿過層層疊起的紙箱山丘，

貓們安好的睡。

老闆推門店門，濃烈的酒味直撲臉上，在店內幾近凝結。深深呼吸酒氣，從鼻腔衝上大腦，一顆心是掉進酒裡的冰塊，沉落到，酒味凝滯之地。角落裡有厚厚薄薄，裂成幾百塊碎片，色彩混在一起，混成芬馥的雞尾酒，瓶身的藝妓如今浮在酒池上面，紙皺摺是她的眉心，眼神淒怨不甘地望著天花。咚，心臟驟然沉落，如冰磚掉進酒杯底，發出清脆的一聲。美酒變成洗地水，如果這是漫畫，老闆的頭上必然有三條線，外加空掉的眼神，大男人壯碩的身軀幾乎想趴下來，浸入酒池，啜飲這杯貓咪調校的雞尾酒。

貓呢？阿Sing，在；莫古，在；夭皮、冰冰，在，一二三四隻，安穩舒服地歇在貨倉的窩，穿過層層疊起的紙箱山丘，貓們安好的睡。目光往上移，尋找美酒瀑布之源，天花板角落有個隱約的孔洞，打通貨倉與店面。夭皮不知如何發現秘道，晚上穿過洞口，來到酒櫃之巔，整齊列隊的酒瓶是貓的木人巷，夭皮傲然邁步，深啡色的毛皮快速行進，一步一酒瓶，墜落，碎出晶瑩的琉璃花。

後來，洞穴被封閉，酒舖的擺設卻沒有變動。貓的天性，也無法更改，喜歡把自己縮小成縫隙的形狀，愈狹窄的愈要挑戰。酒舖是易碎品構築的空間，代表人類的享受，酒精混合著雪茄、煙草的味道，還有老闆搜購的大澳靚蝦醬——也是玻璃樽。瓶子是玻璃磚頭，地面到天花板，各種形態的酒瓶，搭建了群貓的家，有跳板，有睡覺的墊子，貓的玻璃樂園。

至於貓能不能抓老鼠，已然是微枝末節。最初是鄰店茶餐廳惹來老鼠，聽說養舖貓可治鼠，從某個村屋天台，接手原是野貓的阿Sing。貓一來便大開殺戒，討伐暗角裡的麻煩，抹去老鼠的身影。大男人長時間對著小貓咪，貓咪開關打開，貓一隻接一隻養在店裡。忘了養到第幾隻，假天花拆掉，老鼠無法再躲藏，貓不再是一項功能，卻是酒舖的主人。

輕井沢威士忌，分裂成透明瓦片，酒變成醉人的拖地水，如果貓不打爛，累計到今天，這瓶絕版威士忌升值至十幾萬元。貓咪打爛的，以「千」起始，累積起成「萬」，這個「萬」猶在疊加，但是，牽扯著酒徒心臟的，是好酒。失喪的酒點燃，燒成胸腔的猛烈火焰。是有痛惜過美酒的失落，愛惜的意思，是心意投入到某種存在，甘願地，從內在拉扯出情感的細線，綁成一個結。

推門內進，雙眼看著鋪天蓋地的酒，他是老闆，心中盤算生意，腳邊卻傳來，細軟皮毛的摩擦，來了又回。他是貓奴，心在這樣的揉摸裡，融成柔軟的一團。

貓不會有人類的概念，明白酒瓶是玻璃，玻璃容易破碎，嗅聞裡面像水的奇怪液體，不會明白，酒是人類的精品，被賦予測量生活品質的意義。貓只是認得牠喜愛的縫隙，以為自己鑽得進去，卻沒有意識到，在酒舖養出來的圓腰身。綁在酒瓶的結鬆開，綁到貓咪身上，就當作是貓咪開派對，飲了幾支好酒，挑貴酒來摔爛，算是酒舖貓有品味。

店不變，貓不變，人變。養貓養成佛心，都是無常中眾生，愛貓愛到一個更寬大的維度，幾萬元變得相對小。綁在酒瓶的結鬆開，綁到貓咪身上，以大於人性的慈悲與愛，看待酒舖的生靈。

疲累是貓唯一的靜態，暫時不想打爛酒，靜在角落入定，瞇著眼，進入石頭的維度。貓透過玻璃靜看風景，風景裡的人湊近，把貓看成酒舖的風景。

阿Sing與莫古時常窩在收銀機旁邊休息，黑色與斑白，終日不動如兩張毛毯子，蓋著一大箱迷你酒版，貓咪來到小人國，看守著小小的酒，雪茄上留下貓的溫度；柔皮總是呆立門前，貓靜止，而門外的人如水流不息；薑黃色的冰冰躲在貨倉耍玩小蟲；最幼小的King King，初生之貓無所畏懼，毫不害怕抱起牠的人，伏在客人胸前撒嬌，肚子安心下

來，發出熱水沸騰的咕嚕咕嚕。身材壯碩的主人安坐收銀檯，貓群圍繞身旁，堅固如山與柔軟如棉擺成對比句，小尾巴搖搖，主人便甘心伸出大手指，給King King當磨牙玩具咬咬。

有貓的日子，每天開店，是拆開一個盲盒，每次打開都無法估計，門後，會迎接怎樣的光景。一二三，又來了，今天是Bailey's的酒瓶碎滿一地，咖啡酒的甜香，睜著無辜眼的奀皮。Bailey's是濃郁香甜的酒，喝時要用牛奶或冰塊沖開來飲，咖啡酒的甜幾近凝固，彷彿能摸到芬芳飄動的軌跡，遍地狼藉，於是手忙腳亂地找水桶、找地拖。酒很甜，必需要清洗乾淨，否則會是一場蛇蟲鼠蟻的酒宴。於是這天的店舖風景是，貓咪悠然自得地在店面耍樂，老闆在貨倉默默清潔，一桶水接一桶水去洗。來回拖地，足足用了八十桶水，才將傾瀉的甜味完全清走，全身累到散開，手臂後腰雙腿肌肉痠痛，未正式開店，就做了一場健身運動。

電話鈴聲大作。「喂？老闆，我買你枝酒……你個酒袋送貓屎啊。」呃，不好意思，不好意思。「唔緊要，我鍾意貓，不過你要清清你堆酒袋，可能仲有貓屎喎。」貓習慣尋找軟土地大小解，酒舖堅固的玻璃牆壁裡，有柔軟的布酒袋，輕易便刨出小洞穴。大手放下電話筒，掃把垃圾鏟拿出來，內心未有搖動，佛心的人覺得，再怎樣善後，也是小事。

貓只不過是如常地做一隻貓，過貓的生活，做世上所有貓都會做的行為，牠們從未變質。若然要對貓生出憤怒，那是因為人試圖要貓變得不像貓，當某些行為、思想被產生出道德的附加意義，人就會被困在城市的要求裡，貓卻能藏身在城市的窄縫，做一道自由的風景。

又一個今天，呼，黑色禮服猛力撲過去，三公升的大型酒瓶摔倒。碩大的一瓶酒，落下的一秒延長成數十格畫面，重力大於時間，人在震驚之中感官延長，他看見，巨大的酒瓶，以慢動作向下倒，畫出緩慢的線，撞到下層的箱子，再掉下、再撞、撞……哐，裂開來香噴噴，地上濺起大片酒花。

步步生酒花，內心卻靜如鏡，老闆像漫畫人物般，許多的話藏到額角滴下的一顆汗。只想著拿個酒杯，救起剩在瓶底的貴價酒，乾一乾杯。貓敬他一杯，他也敬人生所有不可抗力，既然不能避免，何妨笑傲江湖。飲勝。

聽話

朗朗

小爪靜悄悄、靜悄悄地，

桌邊升起一隻肉球，準備突擊。

忽然聽見自己的名字，一頓。

「朗朗，你乖，要聽話，要幫忙看店哦。」

朗朗睜著牠圓亮的眼睛，淡綠的微亮燈泡，店外的貨品山之中一閃一閃。

「朗朗，你幫忙招呼客人，店就會生意好；生意好，就能賣出很多貨，可以賺到很多很多罐罐。」

朗朗豎起牠尖尖的右耳朵，左耳朵的疤痕，令耳朵有點萎縮，像揉過的布。

「店外面的貨，是堆得有點亂，過來。平安掛飾成串的掛，順下來如一條條紅色簾子，吉祥的瀑布，地上堆著的中國結擺設，都歸你管。你喜歡站在中國鼓後面，喂，不可以踩著這一疊畫，這是觀音像，菩薩保佑你健康平安。唉，算了，你這個八字腳，站好一點。」

「你的工作是甚麼，已經記熟了吧？就待在店外，守著貨，有客人來，你就喵，有很多客人來，你就多喵幾聲。」

朗朗看似專心地聆聽，配合著「喵」了幾聲。

「這就對了，你要乖，喜歡吃甚麼，我都買來給你吃。」

朗朗舔了舔牠的嘴巴。

「朗朗，你最乖了。我知道你是最乖的貓，大家都知道你很乖很乖，最疼你了。姐姐不是天天來看你嗎？因為你很可愛，她不會這樣熱情看待其他貓，唯有你。」

朗朗挺直瘦瘦的身體，昂然挺拔，展現出威風的神氣。說話的人移動，穿過被紙紮品和檀香壓得細長的通道，牠也移動，拉著無色無相的引力，像磁鐵的兩極，彼此牽動。

「怎麼走過來了，你想陪我嗎？很乖。店裡只有神台這邊，放得下一張木摺櫈，你看，滿桌子的絲帶，有淡黃色，有青綠色，有暖橙色，我在造糭子掛飾。端午節快到了，以前的人每到端午，就會買糭子掛飾回家，代表臨邪避災，吉祥平安。除了掛這個織糭子，香燭店還會賣紙製的龍舟，一帆風順。」

「有一天，我從上一任店主接手香燭店，一直做到老。」

朗朗好奇地盯著，桌上年老的手，握著錐形的紙殼，黃色硬絲帶在指間穿梭，是扁平的小蛇；明紅的平安結連著流蘇，像牠追逐的瘦長尾巴，看看那晃動，精神忽然集中，野性在肚裡升起。小爪靜悄悄、靜悄悄地，桌邊升起一隻肉球，準備突擊。忽然聽見自己的名字，一頓。

「朗朗，你看，你頸上的紅繩，是我親手織給你戴的，好看嗎？紅色代表火，可以去煞，給你保一保平安。你也是多災多難的貓了，為甚麼？因為你頑皮，經常出去跟外頭的貓打架，我也不懂，你的脾氣根本是小炮仗，瘦小一隻，炸起來攔不住。來，我拿鏡子給你照，你看吧，左耳皺成這樣的廁紙團，這是你跟別貓決鬥的後果。你不是特別好打，卻是好勇鬥狠，隔籬店的大黃脾氣那麼和順，你也跟人打了幾場架，大黃現在不過來我們店了。」

朗朗坐在圓摺凳上面，無所謂地打個哈欠。牠拗曲身子，後足飛快地抓癢，舒服得雙眼瞇成小縫。頸上的紅繩，圈在牠冷色系毛皮上的花紋，幼細的血管一樣，格外地耀目，小小的血管，在貓的身上跳動著。

「那次你出街，跟不知哪隻貓大戰，回來滿身傷痕，耳朵血淋淋，裂開了。那個傷口真是驚心，過不久，開始嚴重發炎，流膿，發出腐爛的氣味。你知不知道，那差點要了你的命。帶你去看獸醫，獸醫真是荒謬，居然對我說，你傷得太重了，沒辦法醫治，叫我同意讓你打針安樂死。氣死我，我是找他來治貓，不是處死貓。」

「我沒有相信獸醫說的，白白送你走，不可能，我帶你回店裡。獸醫說的，統統不算數，我自己幫你洗傷口、清膿汁，餵你吃黃連素。你是感覺到我的堅持吧，很合作地治療，十幾天你就康復，哪來要安樂死？」

朗朗耳朵動動，從前的痛印象深刻，鬼門關不好玩，牠不想再去走一趟。

「不要再出去打架了，我不願意看見你受傷，那樣鮮血淋漓，我不想再以為要失去你。」

「你有時冒險的心來了，出去愈走愈遠，不像隔籬大黃，半步不離伯伯。我記得你試過失蹤三天，急死我，印製一大疊街招，出去到處張貼，生意也不顧。你呢，三天過去，自己走回來，原來你走進旁邊的地盤玩，大概是找不到路出來。這樣在地盤餓足三天，是飢餓導航你回家，要不然……算了。我也沒罵你，對不對？你安全回來就好。」

「你畢竟是嚇破膽，未見過我如此嚴肅地訓你，如今謹慎地守在店的範圍，即使外出，你也要有限度地逛。心中圈出一片無形的地，絕不越界，你有自覺，我放心得多。」

夠鐘了，朗朗回落到地上，沿著窄通道，在店內巡了一圈。店中間是獨立的長形櫃，四邊都有路，朗朗感覺還不夠，反方向再巡一圈。

「哎，坐到腰痛，我起來陪你走動。朗朗，你乖，不要見到有人來探你，你才乖，沒有人看見的時候，也要做一隻可愛可親的貓。大家疼你，那麼多人來看你，你的粉絲比我的客人還多，這家香燭店，名氣最大的就是你。有些資深粉絲，一天來三、四次，來了又回，為的是看你。」

「可是啊，你也要懂事，粉絲愛你，給你種類繁多的零食，你不一定要全部吞下。你就是愛吃，別人給甚麼，你照單全收，不知道要停嘴。結果吃得太飽，又吐掉，我數不到幫你清潔多少次。吃飽就要停，否則肚子會不舒服，你要懂事，別弄得自己生病。來，給我抱一下，別瞇著眼啊，你避開人的擁抱，是我跟姐姐才能抱你，我就是愛抱你。」

無力地扭動幾下，朗朗認命地被雙手夾住，撐在脅下，身子瘦長地晾在半空，純白肚皮露出。那雙手從不弄痛牠，厚手掌有點勞動的緊實，支撐著牠，四隻眼睛對視。

「你從小到大都住店裡，別的地方，不入你的眼。這裡擺的東西都很脆弱，紙製品、陶瓷神像、編織品、玻璃，跟你的脾氣是相反，那麼剛硬，你這個老人家，還充滿未磨平的棱角。擺在店兩旁的衣紙、溪錢，你咬爛了多少張，自己心裡有沒有數？紙紮襯衫、手袋，你也要咬，不喜歡人買名牌嗎？但先人已經死去，脫出肉身苦海，紙紮名牌這點小享受，算做安撫祂們的靈魂。」

「更重要的是，給在世的人一個做點甚麼的機會。朗朗，你守店十幾年，也見過許多思念。有些說話，在世時來不及講，講不出口，尚未說完，我的店，其實是另一種印刷廠，貨品是字粒，人們在這裡挑選的祭品，組合成不同的話語。化寶盤是傳真機，啊不是，傳真機過時了，現在用WhatsApp，一燒，話就傳出去。」

「不要再咬紙祭品，去咬老鼠，那才是你在這裡的任務。但是捉到就處理掉，別再抓來給我看，我知道你很棒，可是死老鼠好噁心。」

朗朗兩個瞳孔映照出熟悉的人影，閃過一絲戲謔的綠光。

「這家店，很快就不做了，業主加租，我選擇提早退休。這間老店開業七十幾年，第一手第二手老闆都移民，我接來做，也做了三十幾年。你看，這些漂亮的織糭子，掛起來多好看，來年沒機會造，今年多造點。」

「朗朗，這條老街，明年就不再有這家店。」

「你等著，我退休的那天，便來接你回去，我們守在一起的地方，就是家。」

朗朗豎起尾巴，輕而緩慢地靠近，向著眼前的人眨了眨眼睛，尾巴末端彎成一個微笑。

慢行時區

阿花

懷舊雜貨店的牆上懸著老鐘，上面的時分秒，比店外面的世紀走慢了幾拍。老事物在這裡，跟的是老時間，它們的記憶體與現世有時差，對不上本初子午線的切口，絲絲縷縷的是弦，輕力一撥，響起過去的歌。

店裡的卡式帶存著張國榮的歌，深棕色磁帶，A面唱完了翻到B面，不會終結的八十年代。對於翻它的人，它是舊物，它的年代卻始終是進行式，張國榮海報包上膠套，絕色容顏，永遠停在轉臉的瞬間。Yes card住著的明星盛世美麗，觸碰閃卡便回到Y2K，幻彩紙數不盡的幾何彩塊，不住地閃著，彩色的閃塊是青春晶亮的眼睛，眨一下，巧笑倩兮，正是荳蔻年華。

大姐抱阿花回家，坐完月的貓安安靜靜。貓的氣息來到，沒在櫃檯後，悄然在貨架旁，樓上的燈泡下，貓爸爸放下生意，過來接阿花，店裡爆出男聲歡呼：「阿花返嚟啦，阿花返嚟啦。」

滴答，滴答，

迴異的刻度懸浮，

時區各自安好，

貓是連接的線，

他們過著同樣的時間。

貓在門口伏低，橘子醬汁的黃色，長成一朵萬壽菊。看街道，紅綠燈以這個世紀的速度眨著，變換顏色，催促，人的腿腳交叉換步，牛仔褲棉褲雪紡裙，行李喼輪子滾動在石屎街道。白波鞋停住，一隻手戴著膠錶帶圓錶殼，摸阿花的頭頂，越過貓，融進店的舊物。貓分隔時區，看這邊是現在，看那邊是過去，分外的分明。店裡的燈火光猛，用上黃澄澄的燈泡，像整間店倒滿上好的蒙頂黃芽，茶是愈泡愈出味，老去的事物，陳放的日子愈久，價值就顯露出來，泡得一室光明的秋香色。

大姐放假，又過來看一下阿花，大太陽底下的貓輕軟軟，還未起來，貓爸爸起急步走出來看。原來是熟人，沒事，不要用錯力摸痛牠就行了，太瘦的貓，總怕牠易吃痛。只要走進店裡，大姐感覺自己浮在黃茶泡舊的書頁，跟店員大叔打招呼，一個守樓下，另一個安坐樓上，坐在任意切換的年代。阿花身體復原很不錯，隔離街的越南雜貨店主救貓太多，託人收養阿花，來到店裡幾天，大姐發現阿花早已懷孕，一店都是男人，無人懂得照料孕貓，唯有帶回去原主人家中待產。感到不負所托的大姐，放心下來，阿花待產，貓爸爸沒法去看望，密密麻麻地問，貓好嗎，生到嗎，身體好嗎，何時回來店裡。一顆心懸空，阿花的情況要知得清清楚楚，每刻截下來，手機傳送長方形的此時，一幀幀時間輸送。阿花生產完，貓嬰全部戒奶，才帶回店裡：「阿花返嚟啦。」

店員大叔的手經歲月操勞出乾涸的細紋，骨節粗，通常年紀愈長，沾上的雜亂過多，皮膚和心就會灰溜溜地乾涸下去。你以為年輕的日子尚長著，不是的，低頭看一眼，你的手已經斑駁，年歲與細膩溫柔無干。然而他們是喜歡的，柔軟的毛皮，「阿花返嚟啦。」這麼樣的一歡聲，轉過頭來看貓，老手拿玩具逗著瘦小的牠，黃皮膚與橘黃毛皮，調和的色調。眉眉眼眼藏不住柔和，彷佛重新長出了些許少年情態，心難得一回熱切，大叔暗自微笑。也許是這樣，他成長的年代，男人不用嘴來關心，不習慣像女性那樣輕易說出，塗過蜜的軟軟的話，他知道，出一張嘴，還不如做實事，樓上辦公室便設有阿花的休息區，需要的一樣不缺。

又有雙黑色白底波鞋停住，兩條淺藍色牛仔褲管，其他鞋快步走過，馬路車輛擦出隱現的色影。淺藍牛仔褲蹲下，貓用頭臉蹭那隻手，手按摩牠的頭和下巴，阿花喜歡，零食包裝袋撕開的撕裂聲，牠也很喜歡。牛仔褲越過貓，走向超人系列塑膠公仔，兒時每日下午五點鐘，無線播放《超人迪加》、《超人A》、《超人太郎》，坐在膠凳專心仰望電視的半小時，就在此刻。「喵。（來解繩。我要跟著淺藍牛仔褲去玩）」大叔便來解繩，入店，貓輕盈跳上躍下，不翻落任何物事。

辦公室化開青白色光，黃澄澄的光被截停，不同時區，各自光亮著，悠悠的淡黃舊夢在外面，此處回到現實。貓爸爸爭取時間計數，桌面的文件堆積，總得坐下來清一清。

阿花來到，貓爸爸的時鐘，一撥一撥慢下去無數個小時，時差拉開寬闊的縫，裡面卡式帶快速地回捲。鍵盤咔咔答答咔答的敲打驟停，合上數簿，計數機擱置，會計部瞬間變成育嬰室，青白色化開，看起來有點乳白色的柔和調子。貓攀上貓爸爸的腳：「喵。（我餓了）」開罐罐，還是要零食，肚餓的貓自己選擇，辦公室有的是儲糧，貓的搖籃、廁所和玩具。阿花吃飽了，撲進貓爸爸的胸懷，他抱著貓，指縫滲出搖籃曲，回到二十幾年前，新手當上爸爸的那時。養貓如養嬰兒，那麼脆弱的生命，吃很多也睡很長，需要記住牠吃喝的頻率，睡覺的佈置，以安全來包裹一個小生命。貓是嬰兒，醒著時吸去人大半的注意力，「喵。（要爸爸抱）」隨時要貓爸爸哄，手臂環著，抱貓如抱嬰兒，恍惚間多年前深夜無人，他也是這樣，抱緊自己的嬰孩。阿花睡著時胸口有致地起伏，似乎裡面，手的溫感縫紉彼時此時，記憶的微溫烘焗著懷中，微微的小呼吸，不敢驚動。

他只生養一個兒子，早已長大，有他自己的羽翼，懷中所抱的脈動，是他的女兒。

輕輕地抱牠睡到自己的小床，然後快手快腳，爬回老闆的時空，此刻是店，必需打點營生的事情。嬰孩入夢，便是家長珍貴的自由活動，未計完的數，要趕快清理，阿花一旦醒來，所有的心思又要重新投入到牠。空間與時間的振動頻率失效，橘尾印上斑紋，左右晃動如鐘擺，幫著店裡計算流逝，阿花身上的日子，他伸手，便是時空旅人。

每朝早晨按時到店門，拿鑰匙開閘門，拉開，此刻是營生的現在，耳朵卻不由得豎起來凝神去聽，樓上的動靜。「喵。（快來理我一下）」燈還未亮，樓梯間光線隱沒，阿花隱約的呼聲，按摩棒一樣輕點貓爸爸的穴道，整理貨品的手，不自覺定一定，放下手上握著的任何東西。每踏上一級樓梯，光陰又倒回去幾年，數個月，點算的日子，處於樓上角落的辦公室，門的玻璃多出阿花的臉，攀爬著，呼喚貓爸爸的注意：「喵。（爸爸，爸爸）」看到阿花的眼睛，他一顆心落地。

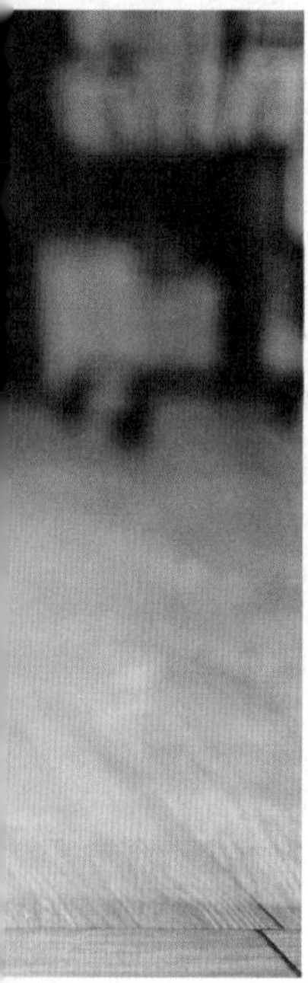

印著標誌的玻璃杯一列完好，公仔排列隊伍，笑臉迎向人，店員大叔檢查貨品，畫報並無厭人的破洞，冷氣槽沒咬爛。真是養貓好，晚上有阿花安守夜班，汙黑的碩鼠，自此連半個影都找不著。開店了，燈泡倒出一杯琥珀色的茶，室內明亮，客人進進出出，店裡面的物品各有尚未打開的聲音，默然等待屬於他們年代的手，空氣的渦流翻動不同的無色迴旋。老鐘貼在牆上，聽取店的脈搏在牆內跳動，筆尖在記數簿上面細細刮擦，樓上打字聲微敲，花尾巴左右擺動，滴答，滴答，迴異的刻度懸浮，時區各自安好，貓是連接的線，他們過著同樣的時間。

店舖守則

豹谷

本店全體上下，均需遵從以下通用守則：

一　貓法師是店內的重要守衛，牠吃喝醒睡，坐臥行止，必需悉心照料，確保每天供應充足。

二　店內有物與無物的地方，只要貓法師感到舒適，一律歸貓所有。

三　無論任何時間，必需溫和對待貓法師，隨時伴貓玩耍。

四　可接受街坊與路人疼愛貓法師，不可讓人隨意抱起，免牠受驚嚇。

五　貓法師必需清心寡食，不食塵俗人雜糧，如有人上貢不恰當的食物（例如出奇蛋、朱古力、薯片等），立刻上前制止。

六　途人若然喜歡，可以使用黑色長方形石板，或是黑色盒子記憶貓的身影。唯上面的圓眼不可閃出刺眼的白光，擾亂貓的心神。

七　貓法師於店外視察時，必需定時查看，確保牠留守兩條街以內，不容越離。

八　如需要為貓法師添置食穿用度，不用顧忌價錢，只需於貓有益。

九　尊重貓法師的意願，不可以強逼牠接受其他貓。

十　祖上流傳的百年酸枝算盤，唯獨老闆可以使用，閒置之時，供貓法師作按摩滾輪床，其餘一干人等與一干貓等不可觸碰。

工作崗位備忘：護香者

一百一十一年前，男人們靜待剪去長辮子那年，店的根，已經深入這條街的土地。四代傳下來，傳到你，店比你更早存在，你尚年幼，童年聞起來是沙薑混著黃薑的味道，還有胡椒和辣椒乾，刺鼻的異香，店的使命聞起來那麼醒腦。殊異於其他孩童，跟著大人來店裡，一抬頭，招牌上黑底金漆書法大字，印在你的眼底，清晰以及堅守，店是樹，你是枝葉。

貓存活於店的所有當下，轉瞬遠去，歷任貓法師都是店的助力，現任是豹谷，由法師總管作牠副手。鼠行使黑魔法，偷偷地進來，隔天，便出現許多黑魔法的破壞痕跡。對於香料，鼠是世間最邪惡的存在，麻煩是麻煩在不能用上任何藥劑，但不要緊，有天敵，誰都知道，貓與鼠，自古以來無法共生。

豹谷有豹谷施法，你使用的，是關於香氣與味道，另一路數的法術。很遙遠不可考的歷史，香料與魔法從來密不可分的，老店所使用的魔法，數百種香料展開複雜的儀式和咒語，調進一些這個、又有那個，這種一點點，又加進很多。人類前來買下一袋咒語，紙包大袋裝的魔法，價錢配合人的能力訂立，不貪多務得。對應人們的飢餓，有時配合不同的情緒施展，灑下，攪拌在食物，味蕾滿佈舌頭，能直接進到人的心裡。如若下廚者誠心，祈願吃的人享受好滋味，往往能召喚好吃的魔法。其中玄機，深奧且微妙，你始終懷著敬畏之心，對待你所做的。

祖業秘傳的香料煉金術，你修練數十年，配方和咒語，熟稔如吞氣吐息般自如。買香料的人，百年來有多少，數也數不到，貓的身影，也沒有人說出個準繩。印象中貓必然是店的護法，不像現在的人，養來玩，供得嬌嬌貴貴，你的貓是要作戰的，陪你守業興家。盡忠職守的，你從不會虧待，叮囑法師總管，豹谷用的，要好，跟著你，貓有牠們的身價。你的雙手，不時敲打酸枝木老算盤，它在店裡九十多年，摸它的年月還少麼。

天陰落雨，雨粒子在清洗空氣，豹谷跳上櫃檯，伏在你的老算盤上。你由牠去，乖貓，看過去先就注意鑲在貓臉的圓眼，兩顆紋彩波子，晶亮晶亮，毛髮是黑胡椒混和丁香，有點脾氣，那種小扭擰卻振作人的心情。若即若離，有時手多多，給日子灑下溫辛香料，但牠也不過分，聽得出你聲音裡的嚴肅，做個樣子，牠就知趣。端正漂亮的貓法師，兼且勤奮做工，從不打亂店裡的運作，格外討喜，難免你要多疼。

摸算盤的手，即使老去，摸貓是夠牠舒服的。

工作崗位備忘：貓法師

豹谷，你是店員，更是店的法師。一百一十一年，早在店的每個角落，幾乎都印刻上貓的氣息，與貓相關的魔法。不，凡人無法看見，唯有你。一些不可解的事物，是可以與貓連結在一起的，你知道，遠古時代的貓，甚至有神祇的地位。要閉上你肉身的眼，打通精氣神，從你魂深處睜開，看，數不清先賢的身影，依然在店內。不不，那不是魂魄，牠們早已完成使命，曾經有這樣的傳說，物品使用的年份一旦長久到某個階段，便能夠自行記憶，往昔的曾經。黑底金漆木招牌高掛在天花，門口櫃檯，地上鋪設階磚，牆身鑲嵌著被年月染上老黃色的電掣，看不出原本是白色，瓶瓶罐罐，包著香料的大麻袋，諸般物事。百多年來吸收此處的精氣，人的意志，貓的念想，一室之寬敞，數百種天然香料薰染一個多世紀，日子疊著日子，濃郁得似乎用刀刮點牆灰下來，聞起來有異香。

法師守著使人愉悅的魔法，使命之重，比店裡從前用的陀秤還沉。你要清楚明白，貓身上的「氣」，是天命，註定你肩負驅鼠衛店的使命，你的身體，就是一個魔法陣，守著這片店。天選之貓，體內流著英短和豹貓的血脈，兼具獵者的天性，且忠誠，沉穩而處變不驚，強壯的肌肉，你生來，到達這家店，是命也是天的旨意。

先賢教導你佈置結界，你緊記，貓的身體本來就是魔法陣，你踏上四足步法，塗抹氣味，陣法無色無相地浮游。你在這裡，有你的工作，有你才能肩起的任務。一百多年來，店裡充滿貓的影子，繼承前輩的精氣神，延續超過一世紀的咒術，先賢的英靈，來到你，猶有往後的繼承者，不能斷絕，不可一日無貓。

工作崗位備忘：法師總管

你濃密的髮，梳在頭上厚厚一塊，二十年前是少年的烏黑，長著長成灰白。擺在老店的，是你的年少輕狂，走到沉靜穩重，蘊釀的好香氣。

總是從香料堆抬頭，迎眼是不同的人，街坊路人遊客，眾星拱月一樣圍著豹谷。你眼利，緊記多看兩眼他們在做甚麼，手上帶的是甚麼，那些懾人魂頭的黑盒子和黑石板，有時人們失手，手上的眼睛閃動，白光眩眩，攪亂豹谷的心志。要提醒，路過此處的人那麼多，一旦停下，你總要打醒十二分精神，多留點心眼。

店裡出入都是男人，粗聲粗氣，店員終日勞動，護香者專心施香料的術，有養貓的只有你。其他叔叔伯伯，最多能陪牠玩耍，幾任貓法師，是你雙手養育照顧，豹仔豹女，再加上豹谷，三隻貓忙著在店內佈結界，驅碩鼠，你便專注香料煉金術，你的心思粗中有細，貓的起居食用，玩耍或是生病，你最能察覺牠的異樣。

後來牠哥哥豹仔被車撞，救不回來，豹谷的情緒特別強烈，表現的方式非常近似一個人。不進水，不進糧食，憂鬱濃重得凝固，貓被困在其中，找不到出口走出來。

失去能夠把人的力氣挖空，餘下心臟跳動聲，過於空虛而顯出回音，豹仔亦是，你心之所在。大家看著豹谷來，豹仔亦父亦兄，看顧弟弟成長。沒有血親的名份，感情是黏合劑，兩隻貓在店裡追逐耍鬧，一同施法守店，醒睡就不見了重要的伴，豹谷時常失神，時而在空氣裡尋找豹仔，露出像看見又像看不見的樣子，難過地低下頭來。你難過地低下頭來，重播豹仔的影片。哥哥的聲音，豹谷奔跑出去尋找哥哥的身影。貓自古就是通靈者，也許，貓瞳孔裡曾見過哥哥回來道別，可是回不去。豹谷身上籠罩黑色的霧，一堵憂愁砌成灰色的牆，攔住貓的足前，牠連咒術也施不出。

你但願能使出法術，或是調一杯魔藥，不過你不知道遺忘的配方。心臟流血的地方，每走進新一天，你就裹上新的安撫，過去了。若果牠再次生病，心裡受傷，你要以等量的溫柔照顧，這裡你最妥當。

相對數年，你一早練成對豹谷的敏銳，牠或是餓或是痛，聽聲，就心裡有數。豹谷曾經生金錢癬，你的粗手掌有溫柔，藥水反覆搓洗，豹谷對於「抱」的記憶，牽扯到難聞的藥水，被搓洗時身上的痛楚，從此不願意。也是好事，陌生人抱牠，牠必會反抗。

你是一個世紀的一片，貓是一個世紀的另一片，再過一百年，曾經在此地出現的，不會被抹去。豹谷無事便走出店外，站在階梯，爬上排檔的鐵皮屋頂，涼爽的波浪，日頭，舊色，人的頭頂，街道是轉輪下的影子。沉吟的貓法師，伏在如涼水般的鐵皮上，半瞇著眼，好像在思考，又可能純粹懶著。

失去能夠把人的力氣挖空，

餘下心臟跳動聲，

過於空虛而顯出回音。

貓砂風中轉

嚫仔南

人在江湖中，貓砂風中轉，

四個男人侍奉一隻貓大哥，

不識貓事，想法子就地取材。

為何嚫仔南叫做嚫仔南？雄赳赳、英雄氣息、威猛。聽説，江湖上曾經有個傳説人物，重義氣、講道理，勇謀俱全，象徵一代男子氣概。甚至有關他的漫畫，後來拍成電影，男人年輕時看過幾次，嚫仔南的「南」，便是陳浩南的「南」。牠年少時已心知肚明，繼承這個名字，等同跨足踏進江湖，承受某些重量。理髮店是牠的領土，大隱隱於市，舊墟的唐樓門面狹窄，混跡共生的眾樓之間毫不亮眼，驟眼看暗灰抹上一片隱晦的水泥，踏上細長樓梯，五湖四海的人拾級而上。轉個彎，玻璃門後大放燈火，黃燈照暖舊建築的冷淡，髮型屋的每個角色就位，嚫仔南站在列陣前頭。歡迎光臨，這片桃源。

嚫仔南不介意別人笑牠的名字，哇，陳浩南，好有雷氣。牠挺起胸膛，左右兩排鏡子與皮椅颯爽列陣，穿過中間的寬廣，昏灰毛髮在不同光度變幻，牠是黑，牠也是白，混跡而後的奇異和諧。諸般人世塵俗來到此處，經受過的百千纏繞，男人帶牠來，成為牠最得力助手。油頭向後攏整齊，端正的襯衣袖伸出一條滿是紋身的手臂，隨肌肉舞動，手裡鋼剪流光冷冽，一刀鋒利，頂上煩惱離了苦，絲絲掉落。沉默的力量，靜止的暗啞，此處無爭鬥苦惱。

有嚫仔南掌管這方寸之地的和平，來者是有緣人，摸上來的人帶著各自的心意。辦事貓在此，少不了捎來三四款好罐，一兩款娛樂，這是對牠的擁戴。偶然有狗來到牠的地盤，主人坐下剪髮，要對著那些闖入牠地盤的陌生狗兇狠一下，叫牠們認清楚，誰是真正的主人。面前的芝娃娃、八哥、貴婦，被牠的威勢震懾，甚至有狗嚇到失禁，下馬威是必要的。回憶從前，初出茅廬那陣子，年紀小，兩陣對壘，輕易就動搖，有過害怕的時刻，做辦事貓從來不輕省，如今牠已老練，摸熟自己的位置。

心情好就待客，只有很少客人能夠叫得動嚫仔南，除非，帶來對胃口的美食，嚫仔南避免和過多的人接觸，他和男人亦如是。偏偏，牠愈是冷淡，仰慕牠的人就更多，髮型屋的茶水間沒有空過，堆放客人上貢的食物，有些客人一來，就是十幾二十個罐頭，乾糧濕糧腸胃糧。到後來理髮是順便，探望靚仔南才是主要目的，一開門就問，靚仔南呢？

靚仔南趴在皮梳化，中午曬太陽很舒服，暖暖的明黃色烘著牠全身。

人在江湖中，貓砂風中轉，四個男人侍奉一隻貓大哥，不識貓事，想法子就地取材。滾輪四層推車，下面三層擺風筒，最上面鋪毛巾，靚仔南跳上去試躺，還算舒服，滾輪車就此改為貓跳台。

洗頭盆放得下貓，就是貓澡盆。四個小弟，一個按摩頭皮，一個扶四足，一個抓癢，還有一個負責沖水。嘩啦啦，花灑的水不是沖太猛，就是有點冷，小弟們不擅長內務，對著地位崇高的辦事貓，心內牽扯幾分忌憚，大哥感受到指尖掌心的怯懦，牠敏銳地戒備起來。男子漢，合該逞天下之勇，江湖之人豪情萬里，於是，貓嘯風馳，爪尖森森如閃電縱橫，八條手臂各自多出幾道血痕，寫下鮮紅色家法。喂，走貓啊。不管那麼多，靚仔南在地板拖出細長的河流，幾個人在後面追，牠覺得濕答答不舒服，生起氣來，用力一抖，放射狀的水珠瞬間迸發，短停在半空，折射周遭諸多顏色。

四個小弟自知待慢，一個個走過來，用髮型屋的乾淨大毛巾包裹牠，抬到牠的滾輪車。男人在下格抽出大風筒，馬力夠大，暖風很快吹順毛髮，烘乾，和暖如牠平時伏在黑色皮梳化曬到的太陽。是的，素昧平生的有緣人進貢，不及自己睡慣的爛梳化，爛，是牠日復日練爪的成績，看顧一個地方，是需要武功高強的。

這裡的人，手上握慣剪刀，但服侍貓大哥，手藝全部變成手拙。男人找來寵物美容師，定期上門幫貓大哥洗澡，男人待得最多的地方，是理髮店，城市的人工作時間那麼長，嚫仔南住在這裡，他才可以細心侍奉。

親善大使男人來做，牠負責看場。男人閱人無數，對著客人進退有度，滿足他們對美麗的願望。小弟領著客人去洗頭，送回來沖乾抹淨的髮，等待護理，他們願意為了弄曲頭上的毛髮，坐上幾小時，忍耐藥水沖進鼻腔的氣味，也要把髮染成貓一樣的顏色。嚫仔南不明所以，牠可不願意染自己的毛髮，深得那麼高貴的灰，代表沉穩、權勢、高雅，但人們對美各有解讀。牠通常直接穿過理髮大廳，經過一個個等待變好看的背影，跳上洗頭床，床的軟硬度適合貓大哥休息，牠可以躺很久。

又一個颱風的夜，男人與髮型屋一眾開會，他們商量，嚫仔南站在一旁，聽著整個流程。聊到後來，不知是誰掏出酒來，一邊聊一邊嬉鬧，那酒漸漸上頭，眾聲益發聒噪起來。屋內太吵，酒氣薰染，嚫仔南嫌他們吵鬧，瞄到露台打開一道縫，四足併兩步，走出去吹點風。窗外，灑落的雨到底有多大，大多覆蓋在夜色，少數在街燈周邊擦過的雨串，透著朦朧的光。大風吹得門關上，嚫仔南獨自待露台，風和雨各自衝撞，吹久了有點冷，牠心中有點慌，這種慌是平日要隱藏的。他們在裡面那麼吵，只有自己敲玻璃門，叩、叩、叩，終於有個小弟聽到聲，開門放牠回來。外面的世界危機四伏，男人很久以前便提醒嚫仔南，留在髮型屋，這邊是牠的歸屬。

只有男人是牠的心腹，或者這樣說，縱然要看顧的瑣細繁雜，他的心思最細。知道得空要來為嚫仔南按摩，跟牠閒聊人生。食飯未。肚餓未。今日好多人剪頭髮。又有很多人進貢。男兒兩心知，嚫仔南和他心照，年歲漸大，經歷過的人走過的事，如刀光幻影一閃即逝，從不同的地方走來，就剛好在此時、此地相聚。

他皮膚黝黑，略帶稜角的臉，眼睛也是深黑的。西裝革履，捲起袖衫袖子便於工作，華麗的紋身深深地爬滿整條手臂，向後梳得端正的油頭，沒錯，跑慣江湖的人，自然懂得人靠衣裝的事理。跟客人剪頭髮，聊得起勁，笑起來的眼睛有亮點熠耀閃動，像不小心蹦出來兩隻活潑的貓，帶點歸真的純氣。

髮型屋不大，左右的理髮凳只是十數張，兩邊牆上的鏡相對，仿造髮型屋的模樣，鏡像遞進更深，裡面有個永不終結的地方。照到甚麼，甚麼就永遠停留，若果人所盼望或所失去，能夠以這樣的方式，即使虛幻，也勝於無有。

星期三不開店，無人影人聲，𡃁仔南放下大佬的身分，可以隨性一些，懶懶爬在梳化上曬溶自己。男人推門而入，走過千山萬水，歸來時，不再是少年。年少時貪玩不羈，喜歡叫來很多人一起，如今想想也沒甚麼值得熱鬧，身在人群裡面，有時比一個人待著更孤獨。

男人不擅言辭，捧著一本書，熱咖啡薰得一室郁香，他離了人的氣息，學著在文字裡尋找內在的召喚。休息便不愛說話，沉默給他真正的回復，四下無人，𡃁仔南放下牠的江湖，回到貓的模樣，跳上男人的大腿。音樂圍著人貓轉圈，安靜的片刻，牠都知曉，伴在旁邊，悄然入定。午後餘光攀窗而入，一個男人，一隻貓，兩個身影，他走過的，就如同世俗尋常人走過的路，看見一座山，總想攀上高處，以為上去能睥睨天下，後來才發現，看上去的風景無甚特別。

幾年前那天，男人帶著醜仔南走進髮型屋，往昔只有餘燼，帶著一點傷疤，醜仔南彷彿懂得。一室靜無所動，相忘於江湖，不如相濡以沫。

鞋山之王

BB

鞋成山，山為寨，貓作王。

參見鞋店之王，記得按規矩拍牠屁股。

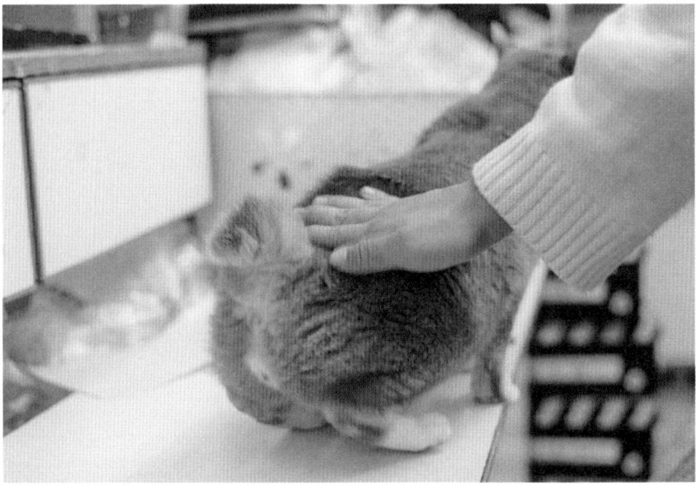

鞋店裡，BB是一頭屁股很有名的貓。

老人愛牠這種短尾貓，尾巴短小，貓尾搖晃，如一顆球在貓屁股彈動，稱之為「掘尾龍」。斷去尾巴的龍，諸般的好運氣，只能進，不能出，於是人們認為這是守財的意象。人類總是易於被未知的事物，困在假想出來的恐懼情緒裡，需要把意念，投放到能與願望產生連繫的象徵物，生活才有辦法在不斷自我暗示中圓滿。

BB小時候求配種的人太多，踩遍鞋店的地板，來了又回。老闆娘煩了，帶牠到獸醫處結紮，斷絕這些人的念想。

但是，BB的屁股仍然受歡迎。人們挑選鞋子，或是坐下試鞋，BB輕巧地越過皮鞋布鞋拖鞋涼鞋堆疊的山巒，不經意地，拂拭人們的手或足，討拍拍，拍屁股。拍屁股也有講究，不可以用力亂拍，先要卜起掌心，用陰力，在貓屁股拍出節奏鮮活的快板。只要掌握到竅訣，便會見到，貓屁股隨著拍子下降，腰肢一伸，拉成舒服的三角形。

鞋成山，山為寨，貓作王。參見鞋店之王，記得按規矩拍牠屁股。

BB小時在鞋的高山低谷遊走，摸熟店裡每一片地，練出飛檐走壁的輕功。一騰、一跳、一躍，便由試鞋凳跳上堆到天花的鞋箱。試鞋的人除了留意鞋款，隨時有飛撲的貓，直到牠十八歲高齡，騰起的力度稍弱，依然像風一樣快。

鞋子是山，鞋子是家，鞋山之王要練爪，紙皮布料無法彰顯牠的尊榮，唯有是，膠鞋的厚實與橡膠韌性。爪子使出連續技，膠鞋出現刮痕網成的紋路，以證明寶爪未老，波鞋的膠鞋頭也不能倖免，無影貓爪短於一瞬的橘影晃過，波鞋已報銷。被抓花的鞋賣不出去，一年數十雙貓爪鞋，奉獻於山寨大王的貢品。或是，把鞋子當成玩具般拍打，叼走毛茸茸的拖鞋，當作牠專屬的抱枕。

不玩鞋也可以，整齊交叉在鞋面的鞋帶，是那麼吸引。不，一綑綑掛在貨架上的鞋帶，了無生氣，唯有鞋面緊綁的交叉，咬斷開的彈力，是通達全身的暢快。咬爛的鞋帶不起眼，直到 BB 腸胃不適，老闆娘看見牠吐出鞋帶的纖維，才看見一片狼藉的鞋帶，隱然於眾鞋之間。咬爛鞋帶很小事，換上新的就可以，咬爛鞋子也無傷大雅，鞋店之王要的，莫敢不從。

貓立於鞋山寨之巔，王者的霸氣，也帶點山寨。只要有人甩動鞋繩，牠就會撲過來，不玩的時候，就要找人聊天，BB 愛説很多很長的話，一聲接一聲，小時候煩得媽媽出掌推開牠，長大後愈説愈長，説得整間店散落許多個「喵」字，沾上人的衣衫，離開鞋店，仍然能聽見身上傳來 BB 的聲氣。可惜無人懂得貓語，牠這些年反覆説的，有可能是，訴説牠想念逝去的母親，又或是，懷念逝去的狗朋友，回憶貓的小時候，牠是如何地害怕店裡的兔子，投訴另一隻貓不理牠的寂寞。

但是，貓寨主也有牠的威嚴，覺得悶，牠也謹慎交友。其他舖貓走過來，站在門外等候，試圖效忠鞋山之王，大王一概懶理。牠的世界，去到鞋店的邊界為止，超出鞋店範圍的事物，無形無相，也無聲色氣味。虛空的虛空，心看不見的，眼目也無法覺知。

BB在鞋店出生，跟著媽媽棲身在店裡，貓母與貓子，兩團橙色的暖毛球，時常在店裡相依。四歲那年失蹤一個星期，被人偷去，店裡眾人不斷尋找BB，直到一星期後的清晨，在店外發現瑟縮在驚恐裡的BB。偷貓的人心裡都有腐壞掉的地方，以為偷去一隻貓，就能填滿生命裡離亂無序的裂縫，而明明，得著一隻貓的方式有那麼多。貪婪與暴虐得著的，不會是柔軟和

愛，為何綁架犯會以為，被綁架的個體會馴服於自己？BB消失了七個白天與黑夜，也許是偷者養不好，也許是賣不去，復又偷偷把貓棄在店外。總之BB回來了，從此不願再離開鞋店。

回家的BB，表現出無法遏止的失常，喪失此前對鞋店生活的記憶，被強行抱走的瞬間，牠出生以來跟著媽媽安身四年的家，永遠丟失。每天相對的人也不認得。偷貓者消失了，但他滋生的惡念還未，以貓的恐懼為食，吞吃著牠。BB精神極度敏感，經常處於焦慮慌亂的狀態，不斷不斷地進食，好像食物裡面，有牠被奪去的安全感。店內眾人花了很多的注意力，鎮靜貓的騷動，懷裡的溫度是藥。只是，那無人知曉的一星期，到底BB經歷過甚麼形式的恐怖，以致於，令貓內心的土壤一片荒蕪，種出帶刺的藤蔓，總是連接起惡夢的網子。誰試著抱牠到門口，BB的情緒就像炸藥爆發，驚恐地低吼、拼命掙脫，逃回鞋山。鞋店從此，便是心的結界。

很多人類不明白，貓也有情緒，有感知痛苦的能力，受過傷，一樣會落下陰影。若果有人了解，所有生靈不免承受的苦，人與貓的差異，並不構成在痛苦上有差別對待，若果有人，讀懂那些非語言能表述的，願意走近並且溫柔以待，牠也有可能代謝掉那些發生在身上的事，活成像一隻貓應有的美好。

老闆娘開罐罐：「BB，食魚啦。」飽餐也有飽餐的講究，BB只吃魚肉汁，從小愛養生，貓糧只進數顆，逢餐只吃七分飽。店外沒有世界，店裡的人，由得牠以牠的方式安好，鞋子山寨裡面，BB的逍遙，在於能擁有自己的脾性。店裡有牠的形狀，把自己鑲嵌安全，才得以，自牠所待的幽暗裡走出來。「掘尾龍」的圓尾巴，看起來是斷開，斷開曾經的險惡，人類供應的愛與寵，有進無出。受過的傷必留下印記，貓有新的需要，既然不可能跟從前一樣，那麼愛牠的方式便是，別要求回到從前。

吃飽了，BB 舐乾淨自己，跳上試鞋凳，又有下一個人過來拍拍，貓屁股圓圓升起。

洞穴修行

Busca

讓我帶你走入這家鞋店——走在方形的繁華，穿過人的流水，然後扒開街上的雜音，進入鞋子石洞。

不同質地的鞋，大大小小的鞋，這個洞穴的所有，皆是以鞋構築。鞋箱裡，人字拖膠拖膠鞋垂直種著，下而上，層疊著層，堆疊成不同形狀的石筍；牆壁裝上鐵造的格子，一隻又一隻鞋豎著鉤上去，自天花伸延下來的鞋，流淌下來的鐘乳石，長年在同樣的位置，地上的鞋向上生長，某一刻接合，成為年月的石柱。你來便看見，石柱向鞋店深處延伸，洞穴之壁，整齊的石濂。

蒼老的貓，長日靜然安坐，

也以同樣的姿勢走進夜。

坐下來，坐在經年月磨得粗舊的木箱上，那邊有架子，勾著層層遮蔽的布袋。下面有一膠衣箱，箱蓋鋪著橘黃色長毛墊子，這是人們常常直行直過，不會留意的角落。石洞有兩個洞口，人們坐下來試穿鞋子，或是在店內選購，順著膠拖鞋移動到皮鞋。鞋是靜止的流石，依然看見它生長的軌道，有人的佈置。你看完鞋，逕自從一個石洞口走到另一個，必不會發現，角落鋪著毛茸茸的老墊子。

鞋店老闆娘輕柔呼喚：Busca。老墊子輕抖，看，一張臉抬起來，原來是，扁塌的貓臉貓鼻子。眼睛瞇起來，也不是，貓的眼睛原就長這樣，窄而且長，微微向上吊，那副凝重的容顏，彷彿時刻都在屏息思考。

如果你想聽Busca的故事，抱歉，Busca沒有故事，甚至，近乎對世界沒有反應。生活之於牠，確然是長得相似的，要是你有留心，牠始終低頭，蜷縮在牠的小時空裡，從未有為你的到臨動搖。你來試著摸牠，手掌輕埋在牠的毛髮間，長毛這樣柔軟，難以看出這貓已度過十八個年歲。天生微微向上吊的眉眼，兩顆小眼珠，也不會看你一眼，沉寂地收斂心神。

蒼老的貓，長日靜然安坐，也以同樣的姿勢走進夜。你必需等候良久，才會等得到牠伸起懶腰，緩慢移動四足，默然落腳。

老闆娘還是愛牠，即使當時，完全沒有養多一隻貓的打算，養牠是意料之外。舊主人的兒子對貓嚴重過敏，只好央求老闆娘接手，接過那團溫暖的橙黃長毛，那麼美好，心也就願意，店裡已經棲息著狗、兔子、魚、貓母子，然後再多這一隻膽怯的長毛貓。貓在人類的領地，因著人類的需要，再次安置，是非自願的遷徙，一旦與人類所要的牴觸，貓便成為異物。你所看見的貓，身上帶著人類的痕跡。

命運的不可抗力，家貓變成舖貓，以往的日子只見過舊主人的家，此生從未到達另一片地。Busca極為敏感，好像世上事物皆能割破牠，貓的感知，空間的異變，疏生的地使牠嚴重過敏。最初的日子，鞋店開門的第一件事，是老闆娘遊走店內角落，每天從不同的夾縫裡，輕抱出驚恐的貓。人把貓抱在懷裡，怕牠久驚不進食，老闆娘逐顆逐顆糧餵，餵到，貓接收人傳達過來的善意，安枕在她手臂。

後來牠好像明白了甚麼，在鞋的洞穴裡，開展長久的入定，一定將近十八年。你可以過來試著喚起牠，Busca，貓不理人，Busca，貓不理狗，貓不理兔，貓不理貓。牠無所欲求，你也可以試著用鞋店所有東西引牠，但是，你拋一條鞋繩過去，接不接，從不是你的事。

牠是這座石洞裡修行的僧，無喜無怒，不痛不哀，漠視你對貓既有的想像，專注於貓的本我。命定的遷移，貓僧行腳至遠方，暗夜低迴，白日光照，終於來到這個洞穴，走過各種的鞋子鋪成的橋，越過鞋峽谷，牠到達鞋箱交互出來的窟，供牠修下一階段的道。閉關在洞裡，店裡無人打擾，愛著貓的人懂得牠的悄然，供應牠所需用吃喝。鞋店客人會喚牠，但絕不打擾，Busca偶爾會從牠的思想的隱密處走出來，在鞋凳或木箱短停，讓愛牠的人親近。這種時候你可以前來，順一順牠軟細的毛，牠主動用頭頸磨蹭你的手，示意你的關心，牠知道。

凡有氣息的，都需要擁有屬於自己的空間，過願意的生活。關心就是，願意牠所願意的，不要強加自己的想法。明白便是自由的餘地，店裡的人心照，在人類的領地裡，交還屬於貓的安謐。

Busca累了，無聲一躍，竄入牠的棲息角落。你覺得牠看似孤獨，自我隔離於塵世，修行到離開萬物的跌宕，才是牠的圓滿。貓可以入定許多個分秒，達到不再止於一隻貓，是貓抑或不是。

舊主人曾經來過，貓不理人。所謂放下，再次看見引致痛苦的原因，不再有波動，也沒有恨和哀，Busca從未表現出抗拒，只是從往昔平靜下來。也許牠已經體諒了所有，默然地，用新的方式回應世界，拔下靈魂原生的刺，才能達到真正的溫柔。走在紅塵的邊界，貓對待哪一個生靈也是如此，淡然的，像一杯久放室溫的水，不激動也不沉鬱。

老照片中，小時候渾圓的眼目，漸漸長成窄長的形態，眼皮瞇成一道縫隙，隔去塵俗的曾經。那張扁臉的無根，要解讀成沉鬱，抑或是高傲，是喜是悲，或怒或哀，那只是你在意識打轉，貓是你的觀照。

你離開鞋店的時候，偶一回望，鞋箱的暗角無燈，卻見貓的眼睛閃亮。

附記：老伴

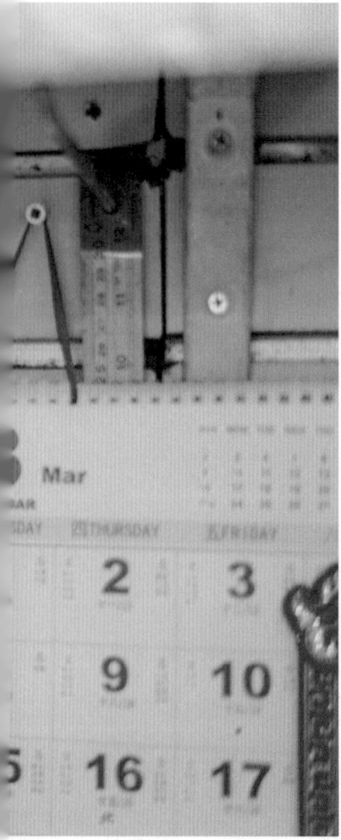

BB比Busca大半歲，率先移居到喵星的，卻是Busca。鞋店兩隻老老的貓，Busca永遠停在十八歲的模樣，鞋店剩下一隻貓，BB繼續走到十九歲。

熟悉的存在突然消沒，BB的身影也淡去，貓屁股離開原本的位置，叫牠是不會回應的。幾番尋找，在皮帶布帶瀑布之下，鞋櫃的縫隙裡，找著兩顆閃亮的眼。BB輕巧地鑽出來，那原本是Busca打瞌睡的地。

貓是家庭成員，鞋店是家，這裡的動物度過安穩的一生。貓的死之始，老闆娘為Busca做七，鞋店切割出關於貓的部分，設置貓尺寸的靈堂，供著清水、糧兜、罐罐和零食。Busca的照片，印上「Busca，食嘢啦！」字眼，無聲的招魂，情分是召喚靈魂的媒介。貓靈堂沾滿了家人的髮膚溫度，鞋的氣息與美食雙重連繫，Busca的魂魄，必然及時受牽引，回到牠大半生的棲息地。

貓的生之末，帶走許多此生累積起來的情感，死之始，人類拋出情感的繩索，連接此岸與彼岸。標出回家的路線，等待著牠，用另一方式回來。

不理會人的呼喚，也無視零食的呼召，BB逕自跳上紀念角，對著Busca的照片，低頭靜靜地飲水。深橘色的圓形貓背，散發著深重的落寞。Busca走了，BB總會來吃Busca的糧，喝一口水，哄著那張照片，自己待一會。鞋店的空間裡剩下牠一個，牠感到不自在，悶的時候會開口說話，說得比以往的話更深長，牠說的貓語，也沒有同類來聽懂。

Busca原是沉寂的貓，不太理會外面的世界，牠肉身是邊界，鞋店是供牠修行的洞穴，此外的任何事物，牠都不理會。兩隻貓性格相反，各自依循不同的路走到此地。相對十幾年，BB的熱情始終在燃燒，被Busca拒絕多少次，也想要突破Busca的啞默。是真的煩，煩到Busca也會著急地出掌教訓，店主一家聽到有貓大叫一聲，便心知肚明，纏人的那個又自討沒趣。今次討不到趣，下次再來，路過就要叫一下，打Busca一下，跟著牠，追趕牠。理我，看看我，跟我交朋友吧。

要是真的動手打架，鞋店之王對決鞋洞高僧，BB會輸，但Busca最激烈的反應，只有一掌。裝在牆上的小木屋，Busca酣睡之間，有橘色短毛球擠進來，牠便立刻跳走，BB故意打鬧、纏牠，搶走Busca的任何物事，牠也從不發火，BB要的，牠讓。進與退之間，有貓與貓之間的相處，熱情的讀懂安靜的，安靜的看似不回應，那也是牠的表示。

兩隻貓由幼年相對到老年，日復日存在的，瞬然消失，那裡就會留下一個空洞，只有牠的形狀，才能填補。

尾七也完成了，Busca的肖像移到收銀處後面，寵物的紀念牆。牆壁負責儲存鞋店的記憶，曾在此地奔跑的兔子和狗，BB的媽媽，狹窄的鞋店裡，所有動物走過牠們的豐盛。哀傷不會持續存在，但是重要的，並不會忘記。「Busca。」BB的耳朵一動，「記得

Busca嗎？」BB轉過頭來，老闆娘久不久便問：「你記得細佬嗎？」Busca的名字未有消淡。問句的意思是，若果暫別，至少不要忘記。

Busca走後，BB開始表現出Busca的舉止。從前只有Busca吃人類的食物，BB養生，絕對不吃。店主中午吃雞髀飯，見到飯盒，Busca便會從暗角走出來，等待人類餵牠雞髀最嫩的部分，現在飯盒來到，走出來的，是BB，用Busca的姿態等待雞肉。BB時常留在Busca從前踩過的位置，那裡也許留下一點牠的氣息，人不曉得，但貓的感知纖如毫髮，看不見的，牠都知道。

又或者是，思念你，所以變成你。

40碼

貓與社區

舖貓紀

格子貓城

Dollar／金吉

問貓能有幾多愁，

眼淚彷似春水向東流，

金吉終日流淚至目不能張，

Dollar 臉容愁苦不已。

灰底茶白牙色簇錦毛袍一抖，四足踏下台階，一天初始，貓必先巡視領地。諳練而堅定，沿著固定路線，圍繞牠的領主，穿梭在商店之間。四蹄踏步於商店區通道，一片地劃分成尺寸不同的方格子，格子密貼著，各按其功用聚合成區塊，然後，分出中心與邊緣，衣服與飾物是不規則塊，鐘錶店是直條塊，格子店是長方塊，區間的細長條是寫字簿的橫線，現在，上面書寫著「貓」字。

通道是河床，行人是流體，順著購物的意念隨興浮動，貓步優雅地分開來往的人群，毛袍子起起伏伏。來往的人察覺貓，目光變得黏連，流體壓縮到貓的身旁。不覺，便圍起一圈信眾，人類總需要尋找可仰望的、能追隨的存在，心念粒子一樣改變形態，此刻是柔軟狀。

貓圓睜著眼，擺出抖擻的姿態，對人們的景仰卻之不恭。任由許多隻手伸過來揉捏，灰毛袍欣然地柔和下來，人們的聲波如浪浮動，前後推擁：「Dollar好得意啊。」「媽咪，貓貓。」「Dollar好乖。」

Dollar回到泰國雜貨城堡，這裡剛好處於領地的中心，泰國牙膏番梘沐浴露護膚乳建築護城牆，劃出內裡的方正的格子。四方形的其中兩邊沒有門，兩道大閘拉起來，其他商店從城堡的核心長出去，長出更多不同尺寸的格子與線條。稱為店主或奴才的女子倆，擺放好城主的餐點，香氣飄起，棕黃橘金色毛袍揚起，跳下來。見著眼前的毛茸茸，Dollar又變回貓妻子，一掌打在貓夫君身上。丈夫不躲，啪，又一掌。「Dollar你又打金吉啦！」

金吉默默不還手，打老婆不是牠的作風，打者愛也，愛妻可以多打幾下。老婆連環幾掌，滿意了，金吉走出店外，一躍，跳到對面藥妝店的貨架。店主兼封臣甲為領主清空貨架，騰出涼爽又寬敞的休憩區。領土裡的生活，貓夫妻是領主，店家是封臣，商店一家挨著一家圈住在貓的封地，每日有朝聖的老百姓。老百姓心裡景仰披著貓夫妻，愛貓的意念相連接起，貓夫妻生已有華貴毛皮，無需黃袍加身，自是無冕之主。

貓夫妻

金吉趴在冰涼的金屬板抖暑，封臣知心，為牠製作了彩色告示，四方來朝，鮮艷的大字警示朝聖的百姓，切忌打擾主上。然而，貓的美好讓人甘心犯險，百姓們圍著貨架蹲下，掏出手機截低金吉的慵懶。臣子拿著手簡，雙手作揖，每一下快門是無聲啟奏，啟奏主上，你真的好得意。

伸過來的老手嫩手、大手小手、黑手白手密集起來，漸漸在貓身上織成網。沾著貓領主的貴氣，就會得著內心的柔軟。金吉的小睡被斷開好幾截，心煩了，最討厭被這樣揉揉摸摸，厭世的貓掌，撥開身上圍繞的人掌。

看，被 Dollar 打是夫妻情趣，愛妻是選擇，不等於誰也可以伸手。

夫妻個性分明，職責有別，Dollar 是愛民如子的主上，終日四處巡視，朋友般跟老百姓來往，任搓不拘，從不會出掌打人，只會回家打老公；金吉高冷慵慵，窩在泰國雜貨店，不愛社交，被摸到心煩意亂，會出貓拳，傲然推開以下犯上者。貓身無人能多摸，唯獨甘心回家被老婆打。打者愛也，貓拳一掌接一掌，老婆之愛也。

熱愛社交的貓坐不住，巡場直到三點三，準時回城堡吃侍婢準備的點心，肚子滿足，又再次出門去。商店街的格子，隨著貓領主的需要改變用途，這個時候的格子不是店，填滿上貢貓領主的食物，也褪下賺錢和生意競爭的護欄，面向貓，一同受封為封臣，誓死效忠。

轉個彎，兒童服飾店是Dollar的午休別墅，領主自顧自走進店裡，往連身鏡前軟綿綿的地毯一倒，圓圓貓身溶化成液體，店主兼封臣乙奉上淨水。Dollar記住別人的好，賜下「朋友」封號給兒童服飾店主，經常過來小休，與封臣聯絡感情。牠對所愛的臣民，有牠專屬的親吻——跳上高處，到跟人類四目平視的地方，喵喵一叫，跟人類頭貼頭，溫熱的交流，以示喜歡。

名為店主或奴婢的兩女子，最初供迎兩位領主，就是來到泰國雜貨店。貓夫妻成長起來，對成長地懷有生靈天性的感情，去到多遠都會想。店主們曾經帶貓們回家，但是，貓卻掉入深沉的憂鬱，飄離故土的領主，懷想故國，即使是舒適的住處，卻沒有家的氣息。

問貓能有幾多愁，眼淚彷似春水向東流，金吉終日流淚至目不能張，Dollar臉容愁苦不已。看慣的貓眼貓鼻貓臉，長出苦的形態，原來貓傷心的表情是如此，無法迴避的憂鬱。

家才是心靈的藥，醫生開再多處方也治不到，兩女子不忍見到主上萎靡不振，帶他們返回故國。落地那刻，金吉和Dollar急不及待，沿著熟悉的地形巡迴，臉上苦的糾結舒展，呼吸這裡的氣息，已然痊癒，這地有牠們的形狀，從此，貓鑲嵌在此處。

午後人慵懶，貓趴在各自的白日夢，金吉和Dollar一定在偷偷地想，等人類們散去，貓的夜的生活就來了。商店的燈皆暗下來，發亮的格子熄滅，人類不知道的深夜，會有別店的貓，沿著店舖的假天花爬過來。假天花隱藏著商店區塊的經絡，那些蜿蜒的喉管伸向每家店，輕盈的貓步叩在假天花的條板，脈搏一樣微動。別店的貓玩得很熟，從角落鑽出，敏捷地爬下梯子，雜貨店便有貓的狂歡派對。日間不是散漫，卻是夜生活玩太晚。

等到夜色填進所有格子，差不多到關店時間，金吉還攤在休憩區，想必是，為著深夜派對保留體力。Dollar心思多一份柔和，記著封臣的時間表，守著約定，到店面門口等候封臣乙，這就是領主的親切：「聽日見啦！」「喵。」

公園仔

叮叮／噹噹

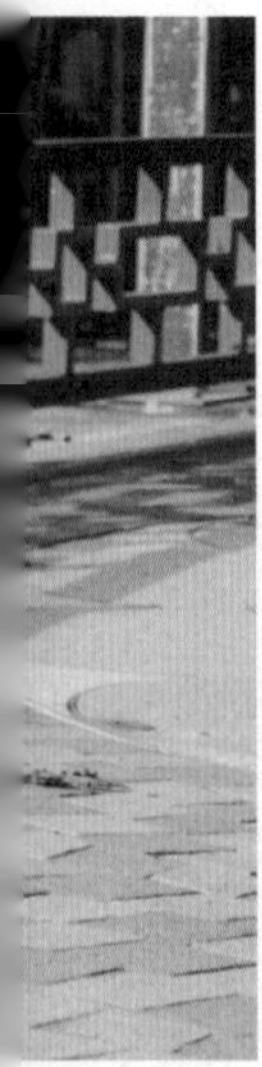

公園仔陽光正好，
暖烘烘的捂著全身的皮毛，
叮叮滿意地伏在階磚上，
眼睛瞇得快要合上。

叮叮的耳朵受傷，右耳被不知名小蟲咬到，發炎，腫起來。臉書上的貓社區騷動，所有人的心痛起來，不時有人更新叮叮的照片，傷口的情況，原本的白色腦耳朵，皺成無生氣的摺。貓受傷，有人帶藥幫牠塗，叮嚀藥房主人帶牠看醫生。藥水染黑叮叮一邊耳朵，貓好像對痛楚不太在乎，臉容如一地，瞇著眼，睥睨眾生。眾貓奴的「屎面叮」，伏在牠的公園仔，黑黑的耳朵是磁石，發出貓的磁場，靜待貓奴流向牠。

知道叮叮的傷口在哪裡，噹噹很輕很慢地，湊近叮叮的耳朵，舐舐，白貓與橙貓之間的親愛。但是，外向的心是關不住的，稍一回氣，叮叮又跑出公園仔曬太陽。噹噹不喜見客，留在藥房裡，蜷在貨箱上面的藍色毛巾窩睡覺。

公園仔陽光正好，暖烘烘的捂著全身的皮毛，叮叮滿意地伏在階磚上，眼睛瞇得快要合上。

公園地形特殊，四邊都是直線的「里」，四里呈井字，夾出中央一片方形的地，不通車，只通人。公園仔是地標，貓是地標的地標。四里公園、四方公園、公園仔，沒有太多街坊叫得出公園的真名「大明里廣場」，但是，人們會記得，那個有貓的公園。公園仔橫在大埔墟熱鬧的中心，購置生活百物必經之地，買完餸累了的行人，或是，湊著孩子路過的家長，會在這兒暫歇，從社會的前線退下來的老人，不同地方的人從四方湧過來，排排坐。這裡的長椅，並無階級之分，鬧市中的靜土，來了，便安坐。

試著站在這裡，按下大腦的時間掣，此處的人物地土盡皆回帶過去，會看見，遠古一片汪洋。曾經，這裡沒有社區、沒有人、沒有地，河和海的重疊，鹹淡水交界，既是水，卻又不屬於鹹淡任何一方，跨出物外的第三種水。涌水在暗流裡異化，潮汐升起與退下，涌水送來沙土石塊，年與月的重複，升起土地。水的盡頭，演化成田野、居所和店舖，公園仔不近繁華，這片地可以維持在遠古的獨特，無需加速播放興盛。

叮叮睡飽了，抖一抖自己，隨意在公園行走。公園仔的節奏，明顯比其他地方緩慢，長凳的底下，與人類的小腿形成一條隧道。打瞌睡的老人，退下數十年追趕的日子，感受到輕柔的拂拭，低頭看，白色的貓無拘束地晃過；家長放學後趕著帶孩子回家，遇上休閒成液態的貓，急趕的步伐拉長，多出幾分鐘吸貓時間；周末外傭們開派對，選址於公園仔，有同鄉的地方，暫作心中的故鄉。噹噹有叮叮壯膽，也會在公園仔客串，難得二貓同台，圍觀的人更多了。

伸過來的人掌有食物，香香，又有時，剛好頭頸需要抓癢，便願意接受人的召喚，好像牠是和藹可親的。

四里各自湧來人的潮水，交疊在方形的地，隔開城市繁雜亂動，劃出片刻靜謐。人們來到公園仔，可以放輕步伐，找個座位安放自己。

養了七年和十四年，藥房是家，老闆兩父女是家人。父與女，工作起來風風火火，性情説一不二。對於二喵，由得牠們吧，傳統家庭沒有黏膩的糖癡豆，各有自由。店與公園相距甚近，往外跨幾步是公園，回頭幾步是家，實在不怕貓咪被偷，叮叮噹噹太有名，幾近全區街坊都認識牠們，偷貓賊不敢下手。幾千百個路過的人裡，有許多暗自亮起的眼目，緊盯著貓，注視是無形的貓牌。即使貓不自覺走遠了些，不用主人操心，人群中自有街坊走出來，用零食帶貓回家。人們總會把回家的路徑，接駁起往返公園仔的一段，即使繞過目的地，也要過來看一眼。

藥房二貓的性情迴異。叮叮從最初便認定，公園仔是牠的舞台，要出去的心抱也抱不回來；噹噹比較怕人，總是在藥房的角處，留下自己的形狀。內向的噹噹，怎樣呼喚，最多只是抬眼多看一秒，沒有人能因著自己的喜好，而強逼一隻貓按他的意願熱情，貓的貓生，做到人類無法做的自己。噹噹偶爾有叮叮陪著，或是跟著街坊手上的美食，也會走出藥房的舒適，接受人類的摸摸。街坊對他們，不只是能用在任何事物的「喜歡」，而是慎重的「愛」，包括嘴上的承諾，同時交付意志，以年月為單位維持行動：餵食之必要，摸摸之必要，守護之必要。

不過，別以為外向的個性，就等同親民。貓有牠的原則，有人呼喚牠，理不理是牠的選擇。噹噹留在牠的小時空，叫十聲應一次，圓眼睛直視人，思緒卻是飄向另一維度；叮叮窄長的貓眼，神情彷似帶著不耐煩，又像是怪責別人打斷午睡。天生一副怒氣臉，喜怒哀樂如一的黑面，貓奴被瞪得太多，賜牠「屎面叮」的外號，以消不受寵幸的失落。

半放養的意思是，用自由來養貓。貓愛去哪裡，就可以去哪裡，白天忙著做生意，貓自由活動，晚上臨近關店才抱回店裡。噹噹在店裡，叮叮在公園仔，各有領土，人們自來。

尋常的一天，叮叮睡覺至傍晚。醒來的時間，看見一個女生獨坐在長凳，對於空氣裡的沉默，貓總是，比人類更快解讀出來。小心地走近女生，叮叮挺著身體，坐成一顆蛋的形狀，守在旁邊，彷彿在孵化她的默然。老闆女由得叮叮，不打擾貓，不以好奇心探視他人的狀態。天黑了，藥房到關門時間，老闆女走到公園仔，卻見平時傲然於人類，不輕易讓人近身的叮叮，主動伏在女生大腿上。

女生眼睛的憂傷起了霧，結成透明的濕果子，失重，墜入叮叮的白毛。叮叮的身子不動搖，高傲的貓性暫換成狗性，真正的關心是，不聲張自己的意見，甚麼也不做，此時，此地，與哀傷的人同在。

老闆女謹慎地壓低聲線，喚叮叮，不要伏在別人身上，別打擾人家，然後自若地抱走貓。有時候，關心需要裝作甚麼也看不見，不說破，留下可供藏身的邊界，沉默散發溫柔。

聾啞攝影師知道有貓，時時提著相機，來公園仔拍叮叮噹噹睡午覺，再到藥房找老闆和老闆女聊天。形體窒礙物理溝通，不會說和聽，不會打手語，兩個女子不發一言，同時看著貓照片，然後，看的人便讀懂對貓的愛，笑容翻過差異，在裡面說出愛貓的語言。

待在公園時間長，叮叮噹噹有別的去處，人向貓流動，貓向疼愛自己的人流動。藥房旁邊的鞋店，老闆叔叔遇上貓之後，從此，鞋店改變用途，轉型成為貓的避暑別墅。夏天熱空氣在四周翻動波紋，鞋店較大冷氣，恭候貓大搖大擺，兩隻從暑熱跳進涼氣。

擁著貓的人忘我拍照，手機吃下一張又一張叮噹美照，記憶體餵不飽。

鞋店結業，不要緊，但是換手機失去了貓相，馬上找老闆女討照片。賣鞋是生意，貓是空氣和水份，養著叔叔心中的愉悅。

叮叮和噹噹知道叔叔寵愛，貓很聰明，感受到人的恩惠，閒時兩隻貓一邊一隻，幫叔叔按摩大腿。肉球按下滿足的情緒，回報叔叔的冷氣招待，用氣味作記號，標記這個人類是牠們喜歡的。兩隻貓，八隻貓掌，數十顆粉肉球，藥房裡的家人，從未得著叮噹的貓式按摩，唯有叔叔得到殊榮。

老夫老妻，每日結伴買餸，行程中必定有「餵貓」一項，好像買餸才是順便的項目；媽媽牽著兒子，特意過來餵貓，而每次在叮叮面前，媽媽從自己的身分退下，單純是另一個愛貓的孩童；母與女住在附近唐樓，深深喜歡叮叮噹噹，貓咪那麼近，來公園仔看牠們，才是好好完成了日常。

貓咪是線索，串連起人們的心臟。去到再遠的地方，內裡連著條的地方一拉，體內藏著的心念，始終牽回去。喧囂和清幽錯雜，鹹淡水交界，人是流水，從各個方向流向貓，貓是中心點，人心中對貓的情份堆積，開墾出澄淨。

公園仔是不嘈吵的，有貓在，來到的人都是慢動作，也不大聲說話。

看過醫生了，叮叮耳朵並無大礙，藥房客人以城市的速度流動，閒餘的時間，老闆父女擺開忙碌，輕柔地，為貓耳朵換藥。那種在乎的模式是，沒有多餘的話，平時彼此不約束，只要你有事，我甘願為你傾盡所有。一天接著一天，藥物、愛、美食混出專屬的處方，貓耳朵癒合，叮叮身上多出兩圈脂油。

右耳朵康復後，皮毛顏色變暗，捲起來，像是一個小紙團，兩隻耳朵一豎一耷。噹噹輕柔地舐叮叮的舊傷口，也許攤開來，便會看見上面藏著一句貓語，說的是甚麼，懂得的，自會知曉。

my.cotton.candy.and.my.baby

my.cotton.candy.and.my.baby

棉花糖 & 阿B
託兒所裡的一對可愛貓夫妻
姨姨一號：店主，姨姨二號：保母
貓奴才姨姨，在朋友店中一起幫忙照顧
有冷氣一起涼快、有樂同享、彼此陪伴

my.cotton.candy.and.my.baby ···

30 個讚好

my.cotton.candy.and.my.baby

姨姨一號大清早回到舖頭，開鎖，拉閘。清潔，拖地，抹貨架，桌椅全都擦乾淨。

舖頭不能使用化學清潔劑，舖頭用的，一定是寵物適用。人類過度依賴化學物質帶來的便利，這樣暴露在化學自助餐中，總感覺，物質累積在體內，總會合成出新的毒藥來。牠舔蹭擦拭的地方若有任何殘留物，凡走過之處，都是危險。

maymaymay 對啊，人用的清潔劑，對貓狗是劇毒。

> **my.cotton.candy.and.my.baby** @maymaymay 貓的腸胃很敏感，吃的和用的，要很注意。辛苦姨姨一號清潔好舖頭裡面，我都會幫手的！

3月20日

my.cotton.candy.and.my.baby

42 個讚好

my.cotton.candy.and.my.baby

夠鐘接貓，姨姨一號每日要步行到一街之隔的越南士多，眾貓喧嘩裡，接走她們的小朋友。姨姨未到，阿 B 和棉花糖已經伏在門口等，等待整個上午，想念姨姨。喵喵聲，主人被牠們吵得頭昏腦脹，其他毛小孩心煩。見到姨姨一號來接，立即哄上來纏著，爭著撒嬌。

想不到牠們那麼黏，牠們的主人貓狗多，她的舖頭比較像流浪貓狗收容所，才幫牠接兩隻來解悶。初時託管，兩隻都不高興，抗拒去託兒所，來到也是臉黑黑，躲在角落，假裝自己是店裡的一顆塵埃。玩到現在，日日都要去託兒所，玩到不肯走。姨姨一號來接牠們，牠們等到似望夫石，等那麼久。

catlover_0927 以為是你們的舖貓，原來不是！

maymaymay @catlover_0927 主人好善心，救很多流浪貓狗，姨姨們有時幫手託兒。

my.cotton.candy.and.my.baby @catlover_0927 我都覺得自己似牠們阿媽。

hills._. 日日都要託兒，好神心 @@

my.cotton.candy.and.my.baby @hills._. 有次打風，舖頭沒有開門，第二日來接牠們，不停喵喵聲罵我們啊，以為姨姨不理牠們。

hills._. @my.cotton.candy.and.my.baby 那麼兇？

my.cotton.candy.and.my.baby @hills._. 兩隻惡霸，知我們疼愛，恃寵生驕了。

3 月 22 日

my.cotton.candy.and.my.baby ...

幫姨姨一號稍為整理貨物，點算店內的罐罐存貨，夠用，玩具收拾好。舖位窄長，密麻麻地堆放貨物，中間散落著貓用品，擺放在隨手拿到的地方。

姨姨一號心愛的 pickles the frog，大中小號，彩虹倒在它們身上，排排立正在門口。上百隻快樂青蛙，隔著玻璃，黑眼睛開朗地圓睜，微笑是橫躺的 C 字，一張大嘴用力傳送笑意，看了心情好好。

舖頭雖小，但是，進來就會給鋪天蓋地的蛙圍著，數不清的笑臉，就知道她多喜歡這隻蛙。:)

20 個讚好

maymaymay 好多蛙……第一次來也驚訝了一下。

> **my.cotton.candy.and.my.baby** @maymaymay 表面是精品雜貨，根本是姨姨一號私心收藏，這裡最多的是青蛙，哈哈。

3月24日

my.cotton.candy.and.my.baby ...

今日輪到我，姨姨二號，去越南士多湊貓回舖頭，先開兩個罐罐，吃得很香。棉花糖極度貪吃，見了食物，不問是甚麼就急步衝上去，阿 B 立刻讓位，眼睜睜守著老婆吃喝，沒有搶吃，心裡是愛妻的。

31 個讚好

hills._. 甜。

3月25日

my.cotton.candy.and.my.baby ...

姨姨二號有事，晚了去舖頭。一日不見，想死了，兩隻爭著湊過來，要求姨姨二號摸頭，痴痴纏纏。姨姨二號叫牠們「親姨姨」，兩隻聽得懂，立即過來親臉頰，姨姨一號加入討親吻。

補充說明，姨姨二號只是貓奴才，不是店員，好開心跟姨姨一號做朋友，有空便來當義務貓保姆，有講有笑，壓力全消！

53 個讚好

dos_and_dont 一日不見，如隔三秋。

> **my.cotton.candy.and.my.baby** @dos_and_dont 我的心靈力量，日日來做保姆都願意！

maymaymay 我又要親親！

> **my.cotton.candy.and.my.baby** @maymaymay 不好意思，親親是姨姨限定，呵。
>
> **catlover_0927** @maymaymay 可以用食物嘗試收買。
>
> **maymaymay** @catlover_0927 我要用美食攻破牠們的心！
>
> **my.cotton.candy.and.my.baby** @maymaymay 警察叔叔，這裡有怪姐姐！

3月29日

my.cotton.candy.and.my.baby ...

今日社區靜悄悄，適合喝杯咖啡，靜候客人上門。開著冷氣曬太陽，兩隻小豬在櫃窗曬太陽，最是舒服。

28 個讚好

4月2日

my.cotton.candy.and.my.baby

衰仔 B 偷上天花板，四隻腳都癢，又毫無肥胖的自覺，想練腳力，要挑戰所有高的地方。舖頭空間狹小，地面到天花鑲嵌小件易碎的貨品，硬碰肯定掃跌，叫牠，牠報以無辜的圓眼睛，作可愛狀。哄了牠大半小時，才肯下來。

36 個讚好

catlover_0927 好輕功。

my.cotton.candy.and.my.baby @catlover_0927 好一個衰仔。

4月4日

my.cotton.candy.and.my.baby

一時沒有盯好，阿 B 又走上天花板，又！氣死我，捉住牠訓話一輪，一臉不忿，不服氣被我罵，衰仔！

40 個讚好

maymaymay 衰仔總是要犯相同的錯。

my.cotton.candy.and.my.baby @maymaymay 被罵完，明天繼續爬天花……暈。

dos_and_dont 一臉不忿，但同時伏在你胸口撒嬌，好矛盾，臭臉跟撒嬌可以同時進行的嗎？

my.cotton.candy.and.my.baby @dos_and_dont 衰仔知道自己做錯事，不爽也要求生，嗲一嗲求放過。

4月5日

my.cotton.candy.and.my.baby

從前有隻叫做阿 B 的貓，有一日，牠去了託兒所玩耍，然後，牠在這裡愈玩愈肥。有一日，牠應該是想跳上櫃，但是……託兒所的快樂，轉換成一身脂肪，雖然舖頭有鏡子，那是給人照的，阿 B 本貓毫無自覺。向上一躍，誰知道牠已經超重，只有上半身到達櫃上，後腳踏空，茫然地蹬著空氣。

我心急，張開兩隻手掌向前，說，阿 B 我幫你，阿 B 似乎感覺到男子漢威風瀕危，為了面子，前足發力撐上去。穩住身子，還要回頭來看兩位姨姨，以示寶刀未老，寶刀也沒有發胖。

阿 B，可是你的確胖了兩圈……

68 個讚好

maymaymay 看到我在地鐵大笑出聲，被路人歧視了。

my.cotton.candy.and.my.baby @maymaymay 現場看更好笑，我跟姨姨一號笑到不行，一個圓球半天吊，哎呀好好笑。

pawline.meow 阿 B 表示：哥不是胖，只是水腫。

maymaymay @pawline.meow 阿 B，水球也是一個球。

my.cotton.candy.and.my.baby @pawline.meow 我來不及拿手機拍照，衰仔 B 真的肥仔。

maymaymay @my.cotton.candy.and.my.baby 我是無辜的。（閃閃眼）

catlover_0927 霸氣盡失。

my.cotton.candy.and.my.baby @catlover_0927 從來沒有從來都沒有。

4月7日

my.cotton.candy.and.my.baby

棉花糖湊熱鬧，學老公到處跳。牠以前非常瘦小，託兒所把牠養胖了一些，不是圓，還有一躍而上的輕盈，牠選擇在整排衣架上面走貓步，自在地，好像只是在公園散步。

50 個讚好

668cat 棉花糖好淡定。

4 月 10 日

my.cotton.candy.and.my.baby

兩隻頑皮貓，跳上櫃窗旁的木桌，桌上原本擺得好好的花襪、絲巾、小號青蛙公仔。牠們兩位大爺，一隻一掌，加起來兩掌，全掃落地下。Pickles the frog 淒慘地躺在地上，青黃紅橙，等待救援。舖頭是牠們的樂園，要貓了解開舖頭做生意的概念，是不可能的，牠們單純地，想清理出休憩角落。落地玻璃清澈，那種透明，是與街道相隔的一片水，行人過路，攪動店外的風景，映像隱然浮動。

34 個讚好

maymaymay pickles the frog 慘死，哀。

4 月 12 日

my.cotton.candy.and.my.baby

據本人不專業統計，十分鐘內，有兩對年輕情侶、三個小孩、一對中年男女、一位婆婆停步，要看兩隻小朋友。街上行走，城市人匆忙來去，臉上的眼耳口鼻在發呆，身上沒有燈，櫃窗後的兩隻貓是絆腳石，一隻站一隻趴，圓潤可喜。那些眼睛，率先點亮如兩盞燈，然後是臉，花朵一樣綻開燦爛，笑笑口，人與貓隔著玻璃玩。那樣地溫和、明亮，是一個人難以給予另一個人的。這條街上，有一貓仔一貓女烘熱人們的心。

52 個讚好

4 月 22 日

my.cotton.candy.and.my.baby ...

姨姨一號趕客，那位女士一進來舖頭，就要求鎖起兩隻貓，不要讓牠們出來，怕貓會弄傷她。直接請走，舖頭以阿 B 和棉花糖的感受為先，反感貓，就不要來。有時想不明白，人沉迷於按個人感覺貼標籤，我覺得你如何如何，不容辯駁。人可以怕貓，舖頭是貓的地盤，沒有人會走進別人的家，然後要求，這個家的主人離開或幽禁。

況且，貓根本不會主動攻擊，除非牠感到侵略、被攻擊的氣息。棉花糖有些慣養的小潑辣，但是，牠是一隻自我身分認同是人類的貓，人類就是同類，牠無任歡迎同類親近，打架只找阿 B。阿 B 情性那麼靜，靜到近乎遲鈍，一隻圓形的笨蛋，哪有可能攻擊人？

68 個讚好

maymaymay 去別人的家，然後趕主人走，甚麼道理？

> **my.cotton.candy.and.my.baby** @maymaymay 歪理。

catlover_0927 離譜。

hills._. 有些人是會怕貓狗，自己避開就好，貓貓和狗狗本身沒有做錯事，為甚麼要鎖起牠們？

> **my.cotton.candy.and.my.baby** @ hills._. 阿 B 和棉花糖是舖頭最重要的。

dos_and_dont 不愛貓的人，不要再來了。

4 月 23 日

my.cotton.candy.and.my.baby ...

棉花糖又搶在阿 B 前頭，吃唧唧魚肉，阿 B 有點想吃，棉花糖瞪牠一眼，牠馬上止步、讓位。變成圓妹，牠對人類更加關心和喜愛，不吝嗇地親人和舔人，展現出親和，唯一是對著老公，氣勢隨脂肪增長，膨起來的汽球。

40 個讚好

catlover_0927 棉花糖長點肉更漂亮啊，多吃點。

> **my.cotton.candy.and.my.baby** @catlover_0927 兩隻在託兒所的活動：食、玩、食、玩、睡覺、食更多更多。

4 月 29 日

my.cotton.candy.and.my.baby ...

70 個讚好

窩心場景不長，打架才是日常，兩夫妻又開始切磋貓拳。打起來沒有在客氣，是真打，先是對峙，繼而動武，狹小的店面，追來追去，稍一近身就起勁摑對方。阿 B 打中棉花糖，棉花糖猛而跳起，一翻身，又抓準阿 B 的防守空檔，揮拳打過去，打到阿 B 彈開。打的，用力打到跳起，避的，也避到彈跳連連，好像親眼觀摩武林大會。

hills._. 打到飛起那麼厲害……

my.cotton.candy.and.my.baby @hills._. 真打，拳拳到肉，絕不留手！

hills._. @my.cotton.candy.and.my.baby 有沒有打傷對方？

my.cotton.candy.and.my.baby @hills._. 有時會有小傷口，不太嚴重。

dos_and_dont 出拳快到相機也拍不清楚，樣子好像很兇狠。

my.cotton.candy.and.my.baby @dos_and_dont 打者愛也，愛者，打多幾百拳也。

5月2日

my.cotton.candy.and.my.baby

69 個讚好

又打架。「打者愛也」的定律，似乎不分人貓，一概適用，兩夫妻談心談情少，打架應該就是愛。叫也叫不聽，天天打架是日常，乾脆觀戰算了。

噢，不過還是會有親密的時光。不打架，兩隻貓頭貼著頭，依偎在一起，彼此親吻。姨姨一號二號曾經見證，棉花糖生貓小孩，阿 B 觀察到老婆的虛弱疼痛，寸步不離開，守著牠，親牠，舔牠表示安撫。老婆真有不妥，阿 B 馬上就奔過來，成為牠的專屬護衛。

寫到此處，兩隻又打起來了。

maymaymay 床頭打架床尾和。

my.cotton.candy.and.my.baby @maymaymay 也是，甜蜜的時候，兩隻又真的很痴纏。

5月10日

my.cotton.candy.and.my.baby

38 個讚好

阿 B 又又又上天花板，我很快哄到阿 B 下來，但是肥貓跳下來掃到貨，打爛一件擺設。頑皮的小朋友被教訓了一頓。阿 B 最大優點是知自己做錯事，被罵乖乖受訓，罵完，伏在姨姨二號胸口，撒嬌討饒，甜死人，心化成一灘甜膩的果汁了。

maymaymay 很會生存之道：嗲！

my.cotton.candy.and.my.baby @ maymaymay 一嗲解千愁。

maymaymay @ my.cotton.candy.and.my.baby 牠們是你的剋星。

5月11日

my.cotton.candy.and.my.baby

阿B跟棉花糖玩逗貓棒。逗貓棒揮向左、揮向右，牠們好像吞下快充電池，一秒化身滿電狀態，跳得很高，地上翻來滾去。這支逗貓棒質素頗好，被兩隻貓連環攻擊，居然未斷，末端綁著的羽毛，些微的啃咬影響不到它，可以再咬。

30 個讚好

4月23日

my.cotton.candy.and.my.baby

60 個讚好

送兩隻小朋友回家，棉花糖突然偷跑，跑到主人舖頭旁邊的印度士多，姨姨一二號呆一呆。印度士多老闆有貓自來，很是高興，棉花糖終於喜歡他了。臨別前，一隻二隻依依不捨，哄著姨姨一號二號，皮膚上，貓的體溫堅定地傳來，日子再煩再亂，諸多的複雜疲憊，在貓面前已如煙消。

maymaymay 貓就是空氣、水份，生命之源。

my.cotton.candy.and.my.baby @maymaymay 吸貓一口，如獲新生。

5月18日

馴悍記

May May

我走進May May的藥房時，帶著我的Panasonic Lumix DMC-G85，一支Leica DG Summilux 25mm F1.4 Asp鏡頭。牠坐在玻璃櫃檯上面，就是尋常舖貓的狀態。藥房真的老舊，年復年，年復年，被磨到朦朧的玻璃，肉眼可見分秒的流逝。除了牠，誰也不會知肉身貼著玻璃的感覺，應該涼水一樣沁心。周末影貓，拍攝舖貓百種姿態，我能堅持在街上步行幾小時，熱天帶自己出去燒烤，冷天出去吹冷風，體力加速蒸發，隔天身上的痠痛點是標記。我的一機、一鏡出名輕盈，機身追焦快，防手震，鏡頭成色好，開大光圈拍貓，足夠好看。

幾年前開始，一放假，我就會帶著影相裝備，在我住的地區到處逛，影舖貓。貓奴見面，份外易混熟，好像通關密語那樣，打開對陌生人的防範。舖頭老闆總有愛貓的事跡可講，長氣得很，身處人類世界，我們未必性情很配合，但是在貓的時空，彼此便是同鄉。玩熟的舖有不少，舖貓認得我，我常常拍牠們，不分春秋夏冬，唯有颱風天才會休息。這區有隻遠近馳名的舖貓七七，誰都喜歡牠，後來聽人說，七七有個家姐，大約在附近某條街的藥房，我便在那一帶逐家逐家舖頭找。

May May 明白我的心意，

知道我對牠，

抱持謹慎的尊重，

的確是，

你種下甚麼的因，就會有怎樣的果。

找到了，舖頭是老區那種傳統小藥房，貨物東一堆西一堆，亂中有老闆的規律，掛單的中醫也是老伯。與May May的初見，很普通，一隻貓很普通地趴在玻璃櫃休息，一個很普通的麻甩佬走進來，三位普通的老人家顧店，普普通通的一天。見到我這個陌生的物體，May May觸電似地彈起，弓起的背毛髮炸開成刺蝟狀，咧開嘴，猛烈地fee我，尖細小牙齒，迷你老虎一隻。

May May跟七七是長得像，相似的面型和眼睛，灰花紋毛色。同一母胎生長的血脈，不一定相近，七七任搓任揉，親民到令人擔心牠的不知拒絕，無奈的是，喜歡貓的人多，懂得認真疼貓的人難得。May May的個性是七七需要的，烈，戒慎，不認識的人就不埋身，未見過的貓，是潛在的禍患，你永遠不懂一隻微笑的貓在想甚麼，但一隻fee fee聲的貓，態度就很明確：滾。阿媽教仔那些「陌生人給的食物不要吃」、「不要跟陌生人説話」大道理，May May天生就會。七七來過看家姐，娘胎出來，自此分別，姐與弟走到老年再見，兩隻長得像，家姐卻全然遺忘細佬身上的氣味，惡狠狠地fee牠。沒有辦法，姐弟相待短暫時日，便各自到達不同的家，沒有機會融和，好像溫順的個性，全部長到七七身上，剛烈則是深入May May骨髓，患有先天性貓過敏，用盡牠臉部的肌肉擠出兇惡，表達：滾。人最大的煩惱，是一直記住許多不愉快的事，貓有遺忘的能力，未必是壞事。

走進May May的生活，知道牠是炮仗一樣易爆炸的貓女，情緒變化多。誰來到牠的面前，牠都要fee人，張口露出鋒利的狠勁，喉嚨深處有壺常在沸騰的滾水，一觸，滾出許多冒熱氣的泡泡，咕嚕咕嚕。倘若牠有能被挑剔的毛病，就只有這一點，反而我覺得沒甚麼要緊的。有空我就過來這邊，早上打招呼，晚上打招呼，見著我這張生面孔，牠發怒了，幾秒間由飛機耳到哈氣fee人，脾氣零到二百的迸發，轟。我拉開安全警戒線，以示來者和平，牠不喜，我便不近。

人人都說May May出名惡，牠的確是。他們以為一點點的喵吼，就會打擊我，使我收住看貓的腳步嗎？牠的喵吼，會比車輛路過突然踩重油門的轟炸聲更嚇人？牠的怒火，會比八號風球的巨大風流更狂暴？要說怕，貓惡狠狠地叫，是坦露自己的情感，能夠辨識，勝於無聲的背刺。要對我刻劃May May脾氣的可怕，一隻壞脾氣的貓，擺在人私慾交錯的暴烈裡，可以匹比嗎？貓咪口中噴出火焰，噴向使牠不安的，捕獵者的血脈浮出來，隨時戒備一場爭鬥，是牠的真實感受。這樣而已，一顆豆，別要勉強描繪成一顆炸彈。

老闆老闆娘累了，早幾年已想過退休，過點閒適日子，唯獨放心不下May May。住慣舖頭的千金大小姐，跟著老闆回家，發現有其他貓等著，分薄牠的寵和愛，怎麼可以呢？貓和貓的大戰每天上演，貓視眈眈、貓躍貓騰、貓鳴四起。May May簡直就是高壓鍋爆炸，即使我不怕牠的脾氣，放諸尋常人，這樣一隻炸藥型的貓，炸彈雖小，裡面裝載著不安和恐懼，爆起來力度甚猛。為著May May的快樂，老闆老闆娘便繼續租舖，長著藥房的外殼，裡面是貓房，住著潑辣的貓女。

牠也有不惡的狀態，要是無人打擾，牠也可以當一頭溫順的貓。能平伏牠內心的人不多，掛單醫師疼牠，牠fee；對牠愛護有加的老闆娘，牠出爪，伸出手臂，小小的紅痕。牠以前會在舖頭外面的貨堆曬太陽，反正哪裡舒服，牠就去哪裡。看牠的人多起來，覺得心煩，叫聲會拉長，再生氣一點，直接fee人，跳下玻璃櫃快步躲進小房間。牠呢，不願意的話，誰也沒辦法勸牠出來，老闆進去抱牠，出來時還是拖得長長的「哇——噢」挨在老闆的懷裡。抬頭望著老闆，十幾歲了，那個瞬間流露小公主的嬌氣，老闆笑成寵溺的腰果眼，那是父愛。怎麼說呢，男人對著女兒，內在的柔軟開關打開，此生能夠用的溫柔，盡皆用了。

噢，倘若不是這樣地接觸，我絕對想不到，一隻潑辣貓那樣入心，常在心頭浮起，想著，牠今天又過了如何的一日。在牠面前閑閑望著牠，我感到牠表面燃燒的火焰，內裡是怎樣的一顆軟心。誰能責怪玫瑰有刺呢？牠在朝早心情最好，要是May May多看我一眼，就接收到，能多近牠些許。只不過，牠不情願，我絕對不加強逼，保持令牠心情平穩的距離。有些人愛追著貓跑，不是不可以，前題是，要了解那隻貓的性情，有些貓走開，是純粹對你沒興趣、不熟；至於May May，任何人或貓的氣息，都是歸類為嚴重威脅，追著牠跑，漠視牠的反抗和拒絕，一隻被恐懼禁錮的貓很可愛嗎？那個場景，唯有一廂情願的單方面覺得有趣，卻像針氈刺滿貓，混在炸開的毛髮。

我常去探望May May，不，我從不逼迫牠。拍牠的模樣，緊記關掉相機的快門聲，眼前高敏感的貓，任何輕微的響聲，足以震盪牠，跌落到精神裡的湖，擊出一環環向外擴張的焦慮。影貓要耐心，貓不是模特兒，別前設怎樣怎樣的畫面，把貓當成擺拍物件。無論多渴望拍到好照片，是我要進入貓的維度，坐臥走停，吃喝玩睡，如常地跟牠互動，逗牠玩耍或餵食，人可以介入的僅至於此。尤其，May May 的脾氣底下，是那樣地脆弱，我不擾亂牠的平靜，用快門抓住牠的姿態。

May May 明白我的心意，知道我對牠，抱持謹慎的尊重，的確是，你種下甚麼的因，就會有怎樣的果。牠開始向著我反肚，但我沒有摸，或許這是考驗。要牠喜歡我，我必須釋出最大的善。拍到好照片，稍為調色，便放上我的專頁，又會分享到舖貓粉絲谷，那裡有更多和我一樣，深刻地喜愛貓的人。不是為追求讚好，單純是分享非常喜愛的事物，性情背景不同，透過舖貓相片牽連到一起，帖文底下，迷且痴的留言，充滿祥和的空氣。很少吵起來，貓可愛就分享，貓有難，便同心拯救，看著就會感到，吸貓真是有助世界和平。

又一天的早晨，認識 May May 的第幾天？忘記了。我如常前來，探望我心目中的貓：「May May 早晨。」「喵。」懶洋洋地。早上的空氣格外清新，街上行人稀少，靜靜的，安全的，是牠心情最好的時段。我摸牠的頭，牠舒服地瞇起雙眼，我摸牠的背，戒心消散，化在清新的空氣裡，我輕巧地抱起牠，牠的眼神柔和，曾經在牠身上燃燒的烈焰，化為清涼的貓叫。

柑柑仔仔

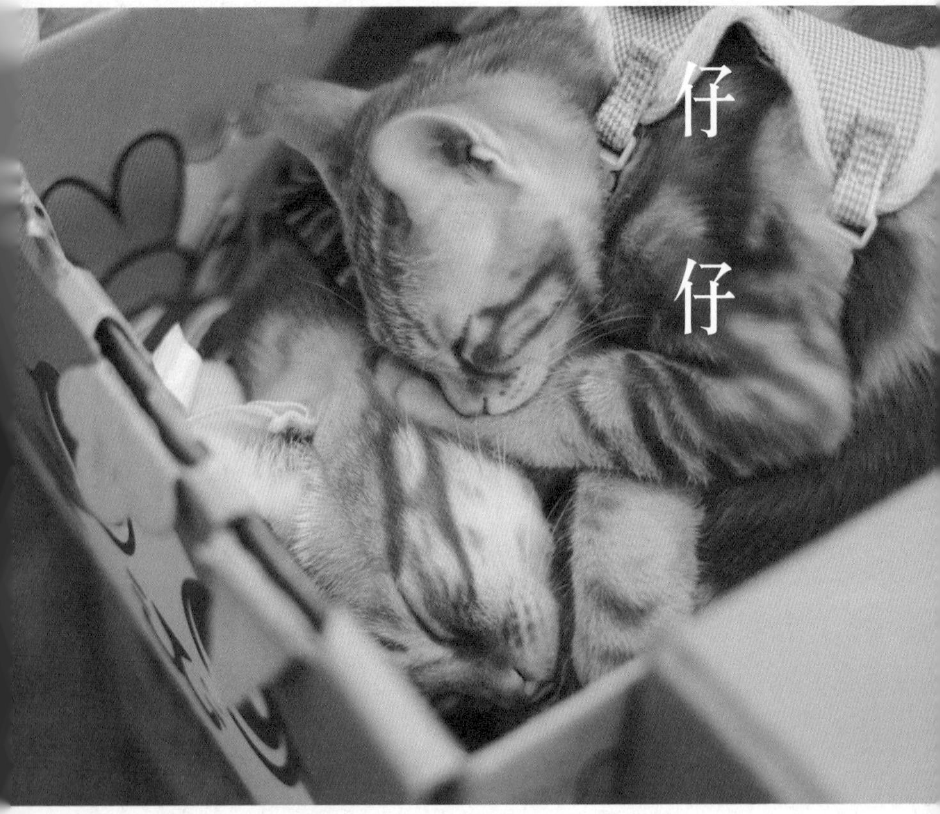

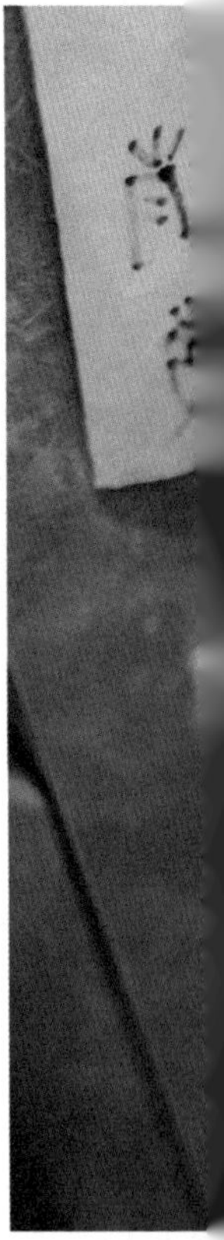

柑柑／仔仔

「老闆娘，妳的貓長得那麼好，可多留心牠們，記得幫牠們綁繩，否則會被人偷來吃，妳要盯緊兩隻貓。」住在附近的街友，特地過來雜貨店提醒女店主。一條馬路之隔，那邊的屋村住了不少露宿者，分為愛貓的，和不愛貓的。「不是吧，吃貓？」頭腦一時轉不過來，貓的分類，是主子、是同伴、是愛也是寵，牠們不在食用肉類的清單。

養貓者的身體，

必然有一個貓形狀的房間，

裡面堆滿關於貓的粒子

柑柑和仔仔聽不見人語，無從得知兩個人類的擔憂，正睡得安祥，兩隻貓填滿長方形紙箱。頭貼著頭，橘白相間的身體乾淨，一層一層堆積成鮮奶咖啡上的拉花，手指探進那皮毛，攪拌一杯適合冬天的暖咖啡，微微打著呼。柑柑正夢著甚麼，睡與醒的夾縫裡，牠半瞇眼，本能地伸出前足，環抱依靠著牠的仔仔，雙眼再度合上。同母同父的基因力強大，即使出生年份不同，那相貌毛色，幾乎是雙生兒的相似，唯有體型差距可分辨，柑柑已是大貓，仔仔尚是幼體。長兄為父，仔仔向兄長懷抱鑽深一些，柑柑身子微動，抱得弟弟更緊了，相近的血液在各自的血管和應。女店主思忖，要是哪天貓生病，彼此有血脈相近的手足在，能輸血救治，這也是性命保障。

街外許多影像浮沉，馬路旁邊的店，落地玻璃便是電子畫框，時時變換不同風景畫。各種的車輛拖長的影子，行人的臉容被正午陽光曬糊，前來，又消失，有時工人修路，架起了鐵欄，便又添了警告行人的鮮橙色。諸多熙攘壓著玻璃盤旋，透明的唱片，轉出低頻率的綠色噪音，聽著糊了一重，如若在這樣的冬日暖陽裡烤著，倒是像靜修的斗室。女店主不把生意放在心上，那些說話盤旋她腦海，圍起警戒線，她尋來繩子，縛在貓兄弟的頸上，多一層安心。無論衝出去被車撞，抑或成為街友的火鍋配料，兩個可怕的畫面都不要發生。

零食店是最招人氣的店，人活著需要吃零食，累了要吃薯片，肚餓想吃豬肉乾，天熱需要含著一口冰凍雪糕，憂鬱它說要吃軟糖。有些人一年去不了一次五金店，一生不入一次內衣褲店，零食店卻近乎打通所有人的心。這裡是締造和平的樂土，左邊一列雪櫃，右邊排著貨架，各種包裝的零食，來者只有嘴饞，沒有紛爭，口舌沉默，留著力氣嚐味。

速遞大叔來送包裹，見著柑柑伏在玻璃門前曬太陽，快摸到門的手停頓，送貨流程暫緩，雙眼只顧隔著玻璃看那悠然的貓。男店主下一秒就上前挪開柑柑，柑柑待在安全距離，速遞大叔才重新啟動他的身分，進店送貨。遠近都知道這裡有貓，偶然店門未關好，來往的人，會下意識幫忙關門，即使貓有綁繩，他們不願出意外。只要貓待在門邊，那門外的人就會自行定格，好像中了貓咪咒，玻璃畫便是一幅全身像，在貓面前，人原本的身分暫停，唯有貓奴是進行式。

女店主囑咐店員：「做不到生意，不要緊，要緊是看顧兩隻貓。」店員點點頭，以示明白。店裡招聘店員，必須懂得貓的習性，能獨立照料柑柑、仔仔，店主夫妻才能安心上班。貓在的日子天色常藍，正職是副業，工作為養貓，上班前下班後是正經事，每日風雨不改地送貓到店，接貓回家。店員緊記這家店賺的錢，用來養貓，清潔劑要「人寵適用」，吃的玩的可以貴，這裡不是店，是一個巨型貓籠，不過借了些地方來放零食。女店主心想，有空要清出更多空間，買個更大的貓籠，讓柑柑仔仔走動時更舒爽。

養貓者的身體，必然有一個貓形狀的房間，裡面堆滿關於貓的粒子，這些粒子蒙養著人的心性，假以時日，排列成貓更優渥的待遇。女店主原本對貓有過敏，柑柑來了，身體經受了艱難的適應，臉上的皮膚爛掉。但是，喜愛貓的心是良藥，柑柑是病因，同時是良藥，捱過一段適應期之後，皮膚便不再發作。男店主封死店裡的空位，渠口、招牌邊沿的縫隙，防止老鼠進來，天花板也用鋁板封鎖老鼠的路，店裡的貨物，會為了貓自動移位，哪一格只能放貓，物品就如紅海分開。對柑柑仔仔來說，牠們不如家貓封閉得野性消退，遊刃在前來探視的街坊鄰里的愛戴，不像野貓般對人類戒懼，可是，舖貓的工作也不用做，溢出物種排列，成為新的種類。

柑柑率先醒來，貪懶不願起，先看一看靠在身旁的弟弟，弟弟也醒來。香味飄來魚肉的吸引，女店主手握魚肉泥，兩隻貓躺不下去，仔仔幼小的身子躍上收銀檯，小小的舌頭滋味地吃著，柑柑哄過來，與牠頭貼頭吃同一包肉泥。仔仔不樂意，往旁邊用力擠開哥哥的頭，柑柑從前所有的硬脾氣被搓軟，寵溺地讓著，牠感到年幼的弟弟在成長，需要更多營養，平時兄弟一貓一兜糧，柑柑也如此地讓，小心守著弟弟吃飯。要是仔仔吃到柑柑兜裡，柑柑便走開，糧食代表牠的親情。柑柑一來店裡便是小霸王，受到諸般寵愛，當哥哥之後才變成謙讓的弟控，聽說在愛裡長大的孩童，即使遇見窒礙前進的事物，也懂得找到路。

柑柑仔仔

此餐吃不夠，不要緊，尚有下一餐。有客人在家裡種貓草，專門供柑柑和仔仔食用，零食店是小型發電站，客人來買零食，亦吸貓，以物易物，貓草換來心理的電源。牠們落在愛貓的社區，來者皆是貓奴，兄弟二貓習慣對著人類，歡迎摸摸抱抱。貓有感情，有感情的生物，就會有情感需要，渴求一個擁抱，不同於以自己僵硬的手臂環繞身體，擁抱必須涉及最少兩個心跳，傳達體溫，貓需要愛護，牠們的柔軟可以滋潤。兩隻貓是遠近社區的定位電源，店主夫妻不在乎零食店不賺錢，店不是店，是社區工作站，以貓為核心動力。

說到零食，男店主下意識望向收銀機前的魚肉零食，長形的肉塊，多麼像貓食。有兩隻小耳朵升起來，尖尖的山峰。幼小的尖臉上嵌著透澈的水晶球，顯得愈發亮，一閃一爍著渴望，柑柑在旁打掩護，仔仔竄出來咬，咬著後退，包裝袋成為嘴中物。店員看慣這個畫面：「少爺又咬爛零食了。」沒辦法，櫃桶翻出一張八達通，店員從男店主手上接過：「牠們咬爛了甚麼零食，用我的八達通付帳吧。」「好。」店員熟練地把咬爛的零食放入雪櫃，人類留來自己吃。

街坊推門進來，來看貓兄弟，也加一張嘴說笑：「我想吃這個，柑柑你幫我咬爛，老闆會付錢。」「哈哈。」來看貓的人是細胞，吸貓為養分，自行分裂，心思種在店裡，貓草一樣生長得旺盛。

店裡的食物鏈，尊貓為頂端，然後才顧及店，人的地位排在末尾，可是男店主心裡覺得情願，養貓方知貓好。最初是舊拍擋要養，後來，舊拍檔走了，柑柑連結到他與妻子心上，那繩網編織得更加大幅，又網來一隻仔仔。

仔仔眨了眨失望的大眼睛，眼白白看著男店主拿走牠的收穫，零食那樣多化學添加劑，只是鈉含量，已足夠毒害一隻貓。看見弟弟失落，柑柑帶著牠躺到門邊曬太陽，乖，哥哥陪。冬日的太陽，那樣熙和，蓋在身上的一張暖氈，柑柑又想睡覺。可是，年幼的孩童精力充沛，又爬上哥哥壯健的身上，撒著嬌，柑柑來了精神，四隻前足彼此推撥，翻來滾去，逗著對方的高興，薑黃的毛色與陽光混成一杯意大利咖啡，大地色系的事物，能舒緩眼目疲勞。

是時候做義工了，店主夫妻帶著柑柑仔仔出去，便是為社區出點力。開店開在老區，近距離觀察，才更加貼近人的生活本質，混在日常裡的鉤刺，原來那樣傷著這裡的老弱貧苦。即使是街友，也找不到安身之處，配合著城市發展被掃到零落，人的事情牽動夫婦倆，他們開始派物資給街友，捐錢給慈善機構。看店不要緊，賺錢的事先放一旁，帶著兩隻貓去當義工，今天要去預備糧食福袋，人們在包裝，兩隻貓悠遊著，摸摸米袋，碰碰食油樽，貓爪印是善心的印記。「小心別弄穿包裝袋啊，下次帶你們去老人院，老人家最喜歡看見貓咪。」老人住在老人院，健康的時間表重複地磨耗對日子的感覺，往裡面添加兩隻貓，攪拌出沉寂裡的一杯咖啡，貓承歡老人膝前，又像兩件焗得香噴噴的蛋糕，待老人品嚐。

也可能社區的心本無貓，是牠們創造新的磁場，自己當上磁力的核心，吸來人的心神意念。貓行善積德，下一世，不要投胎做人，繼續做貓吧，做一隻平靜安穩的貓，有人深深愛著。

貓與城市

好貓如水

大吉／中吉／小吉

人就是貓的風水。

貓狗用品店搬到新地址，鋪位寬廣許多，多得有許多空檔填進愉悅和脂肪，大吉、中吉、小吉由同胎貓兄弟，變成三個像貓的圓形，第四個圓形是年青人。住在舊店的日子，牠們是三隻瘦小，經歷死劫的貓，疾病在牠們的皮肉割下斑駁，無人能感受到，傷疤底下曾經的是生的印記。事情早已過去，年青人回想起來，那段無日安定的記憶，肉身痛楚加上內心極苦交纏，是否風水不好，抑或命數的不可抗，無人能說出清晰有序的解釋。

風水對於人，是氣場和磁場的交流；

對於貓，只要在人的地方，

人的心坐向貓，貓就興旺。

要述說大、中、小吉的往事，可以用「一秒」來概括，牠們生命的無數個時刻，總是一秒之差，分開天堂與地獄，而又與死亡那麼接近。貓的命運，就像人的命運那樣，受著大大小小的氣數和磁場影響，能量的聚合，成為快樂，成為痛苦。

命運的起點在一家飯堂。裡面擠滿了吃飯的人，人流輪轉，看店的三隻貓像是察覺到甚麼，突然騷動，跑到某個食客身邊的膠袋，不斷地嗅聞，嘴裡發出警戒的低鳴。飯堂老闆上前查看，膠袋裡，裝著三隻幼貓。吃飯的人滿臉無所謂，是，他準備把膠袋丟到垃圾桶裡。飯堂老闆即場救走三隻幼貓，這一秒，命運有了新的走向，早一秒遲一秒，不知會被亂流導向何方，牠們生還，脫離被當垃圾丟掉的命運。

牠們後來叫做大、中、小吉，輾轉到達貓狗用品店，是三隻無名字、無家、無主，患貧血，滿身跳蚤的病貓。兩隻手掌合起來，捧起三隻，相遇那一秒，掌心的幼小，感覺起來加倍地惹人憐。手歸心，末梢神經覺知這一秒，眨眼的瞬間，比呼吸還短暫，命運的不可抗力轉動，這就是稱為「命數」的微妙概念。原打算要一隻，年青人不忍貓手足離散，只消一念，決意擔起三隻貓的性命，睡眠的貓呼吸安穩，生命在牠們體內，微微膨起。

貓狗用品店在舊式老店區裡面，好處是還未經受龐大資金的玷污，未見到昂貴的名字，店鋪圍繞街坊的日常而生。切成細小的鋪位，無法想像的狹窄邊角，也能裝上閘門。鋪頭雖小，只要為了貓，就能清出一角落，築起貓籠，放置貓爬架，三個小兜。開鋪時要打招呼的對象，多了三個，照顧貓的日常，是捉蚤無影手，是餵食，輪流試食店裡的罐罐，有時單純陪伴。大、中、小吉原本的瘦弱，長出溫熱，年青人張開雙手，緊貼著貓的身體，過日子的意義無非是，你好嗎，我希望彼此都好。

只是，貓避過劫難，但也許曾到過別的地方，在迷離的薄霧中，露出細小的牙與爪，像地獄與天堂，也可以是，一分一秒的扭轉。

中吉首先生病，原本要做絕育手術，醫生開肚，發現貓的腹腔積水，白捱一刀，確診腹膜炎。中吉的病復原到中段，小吉發病，中吉病到尾段，大吉發病。劫難之所以磨人，在於它不甘短停，按照它運行的規律發生，並不會依從人的心願。

年青人的時間表瞬間排滿貓，貓的小身體，成為痛楚的集中地。病，貓很病，中吉無法做出貓的動作，靜態是僵直，動態是失控地抽筋、四肢發冷、失禁。病的惡吃下貓，大吉、小吉依樣重複同樣的病癥，一式一樣的治療與護理，七、八個月大的貓，瘦剩一公斤。生意不重要，店面變成加護病房，年青人剝下老闆的外衣，只做貓看護，舖頭迴環著貓淒慘的哀叫。

治療就意味著，貓身體痛苦，人心裡痛苦。養貓的日常，暈眩如天地在大腦中旋轉，圍著三隻重病的貓，一刻好像完結不了的永恆。有時候，磨耗內在的，是那些不能自主選擇的狀況，暴風一樣席捲。於是，日常變成血水和爛肉的模糊，孤獨睜開它的眼睛。大、中、小吉病成癱軟的肉，劫難在貓身上，咬下斑駁的潰瘍，年青人期望與絕望交互滾動，推不完的巨石，心情每當爬升，又失足滑落。每天早上起來的心願，不過是貓順利吞嚥，肌肉放鬆下來。

在黑暗中，年青人的眼淚很重，堵在胸口。懷疑過，念頭一秒劃過，堅持不放棄，是否形成了另一種折磨，彼此攪進無出口的漩渦，四方都是深黑，疾病的利刃在貓的皮肉刻下深深的傷口，撕裂貓的身體。接觸到這樣的痛苦，愛貓的意志，是否已越界到偏執，拖長貓的痛苦。只是，雙手還是小心翼翼地洗傷口，餵食餵水，淚滴幽微地閃著光，覆裹著貓。

那一天，救貓的電話來了。原本只想領養一隻貓，不忍貓手足分離，考慮一晚，決定領養三隻。決定的瞬間，人與貓的命運塵埃落定。飯堂的一秒，決定收養的一秒，要堅持下去的一秒，早一秒遲一秒，整個故事的走向就不同。或者，不會有故事。

貓患腹膜炎的周期，大約是八十四天，三隻貓，一共病了三百幾天。可怕的傷口吃力癒合，貓的碎片，重新拼湊回去，回到牠們原來的形貌。

疾病的惡離開，緊接來了人。投訴的內容是：「貓走來走去。」沒有人能解釋，為何有些人類的本能，是厭惡其他生命，生病的貓，健康的貓，只要與人的自我相異，總是要想出方法，剔除他者。人投訴貓走來走去，礙了他們的眼，貓可不可以投訴人走來走去，惹牠們心煩？人不喜歡貓的話，可以找來一個膠袋，把貓裝進去，丟掉。如果，貓不喜歡人的話，有哪種膠袋，足以裝起人的討厭？

心裝滿惡意的，看甚麼都是惡。有時人以為自己面對的問題，其實是，看著一面心鏡，所接收是所觀照。

假如有足夠大的膠袋，裝起許多人對貓的惡意，然後丟掉。那麼，人的空間，是否就能裝下多點快樂的貓？貓之為獸，天生陽氣旺盛，能鎮住對人有害的物事，是為吉祥。如果快樂的貓多起來，纏繞人的壞氣場，也會隨風而散，人是否可以，學習善待一頭貓？

風水對於人，是氣場和磁場的交流，所在的地方、坐向，擺放物品，可以改變人的氣運；對於貓，只要在人的地方，人的心坐向貓，貓就興旺。

那種微妙不可解的變化，藏在各種細節處，捉摸不到，卻容易感知到它存在。店遷移到一條老街道，唐樓底的舖位，比起舊舖大了數倍，樓上有個小閣樓，年青人佈置成貓的豪宅，再多收養幾隻貓。就是，貓如何走來走去，隨牠們心意躍動，盡情地擺出一隻貓的姿態，沒有人會來這裡橫眉怒目，因為牠們會呼吸而嫌惡。

舊舖和新舖不同，整條街佈滿貓奴，從街頭走到街尾，可以遇見不下十隻貓。貓浸沉到友善正向的磁場，也不算是迷信，但牠們過得比從前快樂，就連表情，叫聲裡，也滲出放鬆和慵懶。

擠逼而迅速變幻的城市，貓可以生存的地方，已經與人類過多地混在一起，想完全分開是複雜以至於不可行的事。所有家貓和舖貓抽離人的社會的話，試想想，這個星球裡，要找到完全無人跡的地方；又想想，要找到無人類惡意的地方，貓率先被淹沒。年青人明白，所以，更大的舖位，等於有更多機會救貓。新舖樓上是貓樂土，樓下常備貓籠，暫託待領養的貓，年青人願意供給貓生存的土壤。

人就是貓的命數。貓們深居簡出，省下力氣，用來一心一意發胖。卻說貓的相學，頭貴面圓，大、中、小吉一口氣把身體也吹成圓球，矜貴地待著。

竊貓者

豹豹／花灑

總是在想像，到底有甚麼，

驟然擊中那些人心臟的某個開關，

然後，要偷一隻貓。

我不懂得為何有些人偷貓，買貓不貴，也可以領養，為何非偷不可？

是甚麼情景之下，才起意要偷貓？去建材店買門把的時候，被黃貓深深吸引了？這種感受，身為一個貓奴，我大概懂得，第一次見著建材店的黃貓，才知道黃貓真的容易發胖，圓滾的身子，像是吹脹的橙黃氣球，深棕紋理壓印在身上，正當感嘆黃貓為何總是胖，第二隻黃貓走出來。同樣圓滾的身子，大小相近的橙黃氣球，圓眼圓臉，驟眼失神，以為是複製貓，再湊近去細看，兩邊臉蓬鬆的白貓鬚，其中一隻，混了些許黑鬚，這是貓父花灑，那全白鬍鬚、臉型稍尖的是貓子豹豹。

總是在想像，到底有甚麼，驟然擊中那些人心臟的某個開關，然後，要偷一隻貓。

舖頭貓被偷，也不是第一次了。附近鞋店的黃貓，在好多年前，老闆領回來一隻小黃貓，有一日被偷偷抱走，老闆一家焦急地找了很多日。也許是養不好，偷貓者又在清晨把黃貓放置店外，聽說，歸還的黃貓，自此恐懼至不肯再出門。

偷貓的一刹那，心裡的感覺如何？我看過關於偷竊者的節目，分析偷竊成癮者的心態，尋常日子裡的不如意，像在胸口鼓起的緊綳大皮球，需要解放。偷貓的一刹那，想必是異常地緊張，心跳加速至胸口發痛，卻又有扭曲的刺激感吧。成功偷走貓，胸前倏地洩氣，積累的壓力一下子釋放，無人知曉的愉悅。豹豹的家人，便在若干年前被人盜去，從此不復相見。

花灑跟妻子生過好幾胎，男店主愛貓成痴，生養的貓嬰，大部分送給附近的店主養。花灑是美短，妻子是家貓，混出來的小貓大多繼承貓母的血脈，體型嬌小，毛色也是貓母的深色。唯有豹豹，單獨繼承貓父的基因，深毛色的眾手足是夜空，獨異一個橙黃色的圓月亮，渾圓壯碩，花紋亦與乃父無甚分別。十隻黃貓九隻肥，還有一隻特別肥，偷來的貓，肥肥的肉能填補內心的黑洞嗎？

每當我路過，肥黃貓父與肥黃貓子移形換影，抱在手上滿脂滿肉，店員寵著牠，餵零食，為貓而進來的人流不絕。建材店人流不大，裡面空位比貨物多，大多是擺放材質的貨辦：木板、大理石板、門把，並非日用品。所以來的客人便稀少，人多是因為肥黃貓，甚至有些人知道有肥貓，才選擇來買門把。我抱著完全不掙扎的花灑（豹豹躲我），在想像，這裡輪流轉的人，有沒有可能，有偷竊貓的人混跡其中，化身其中一個到店玩貓的常客。撇開內心的扭曲，扭曲是目不能測，外表端正，陪店主聊貓事應有的興奮，完全是個正常而喜好貓的人便是。謀靜而思動，應該要先反覆到店裡踩點，空盪盪的店面，更多是為貓而設的位置，站在門口一眼到尾，不能借著人流掩蓋他的意圖。可是，還是會有意外，例如豹豹家人的例子，貓又好動，輕易被勾走。

偷竊一隻貓，我以前想像不到，然而別人家的小孩也會去拐帶，生命就像是物件般無從自主。是為了利益，抑或心癮之大，控制不了自己，渾身發癢似地焦躁，焦點不是哪一隻貓，卻是偷，卻是竊取。

貓父與貓子，在我看來貓父比較易下手，個性純良，來者不拒，哪個人來牠都能玩。腦筋比起貓子遲鈍，男店主餵食，即使分開兩兜貓糧，豹豹堅持要跟花灑爭同一兜，花灑埋頭牠的餐兜，豹豹悄悄伸來一隻腳，輕輕一勾，把食物拉到自己跟前；花灑不生氣，上前繼續吃，豹豹再次勾走食物。店裡有賣潔具，貓肉豐盛得填滿瓷盤，是貓像一兜肥水，或是瓷盤客串貓床也未知。只知道，肥貓身子沉，一動就無情打爛店裡的瓷盤，貓子秒速逃離現場，花灑卻留在犯罪地點，睜著兩顆知錯的眼睛，等候發落，就是，好脾氣加上有點遲鈍。

即使長相近乎一樣，仔細分辨，相比貓父的可親，任誰都可以摸頭，貓子對人多了點戒心，絕不任人逗弄。

店外常有雀鳥路過，對著老鼠跟昆蟲，花灑無甚感覺，唯獨是鳥，遇見便亢奮得渾身發抖，奮力撲上去。即使牠不敢離開店舖，會飛的鳥是僅有的冒險，花灑過於興奮，口裡叼著一隻鳥，手抓另一隻鳥，剩下三隻腳走進店裡，獵人狩獵的姿態。雖然貓父遲鈍，也不是默不反抗的，牠有牠的勇猛。建材店所在的短街僻靜，不過，花灑好像內置感應器，但凡離開店門口多一分寸，牠馬上竄回店內，維持在人能目視的距離。

豹豹雖對人有戒心，但還是懷著冒險心。曾經有一天，豹豹偷走出店外吹風，平時牠不太離開店。是有甚麼人撩動了豹豹的心，引誘牠心向外放？有沒有可能有這麼一個人，早有預謀，保持一段距離地跟蹤貓，享受捕捉獵物時心跳變快，作賊心虛帶來的刺激，心愈跳愈張狂，愈張狂，按住在跳的胸口，便是他人生最有存在感的一刻。

晚上最易走失貓，看不清楚貓的身影，夜晚的聲音大於視覺，即使是圓胖貓，處於人的城市依舊顯得渺小。車輛引擎漸變的低吼，交通燈嘟嘟嘟，雜亂無章的人語，紅燈轉綠，嘟嘟嘟嘟嘟嘟嘟嘟，驟然分神，嘟嘟嘟嘟嘟嘟嘟，少看了一眼，橙黃的圓球滾入夜色，豹豹就這樣失去蹤影。

聽說，建材店的人尋貓三天，半夜找到天亮，所有人心焦如焚。尤其是花灑，牠對自己的孩兒保護之心堅決，失去豹豹，牠終日哀叫。結果店主看見街坊在網上發文，半夜在後街的中電站撿到豹豹，代為養著，幫牠尋找主人。店主夫妻很快領回豹豹，父子重圓。

花灑從此盯孩子盯得更緊，豹豹短暫走開，馬上警惕，向周圍的人們呼叫。個性安靜的貓父很少出聲，只要牠叫，店裡的人就知是危險的訊號。豹豹失蹤幾次，是貓父最先察覺。再試過幾次偷跑回不了家的驚怖，豹豹再也沒膽離開店，聽到閘門的聲音，會敏感得跳起來，花灑在店裡守著牠唯一在身邊的孩子，同起同臥，寸步不離，時間到便陪著上樓睡覺，冷天氣裡給豹豹取暖。

兩隻貓依傍得極為緊密，經歷過豹豹好幾次失蹤，反覆地失而復得，主人和貓益發警戒，滴水不漏地守著。

要是真有偷竊貓的人存在，大概強烈地失望著，我覺得心裡涼快，他有裝作無事地過來建材店探望貓嗎？豹豹防人也好，冷淡地走開，花灑立在垃圾桶上面，四隻大眼睛，抬起來直視來者，好像看透每個人的心思。愛不愛貓，我總覺得貓有感應，偷竊成癮的人從來不承認那是病態，即使是也不會內疚，世上的所有人，生著大大小小不同的病，偷竊貓的人，病症獨獨屬於貓，收在無光可照的黑色角落，人看不穿人心裡的計謀，但是黃貓的暖色能照亮最深的黑。

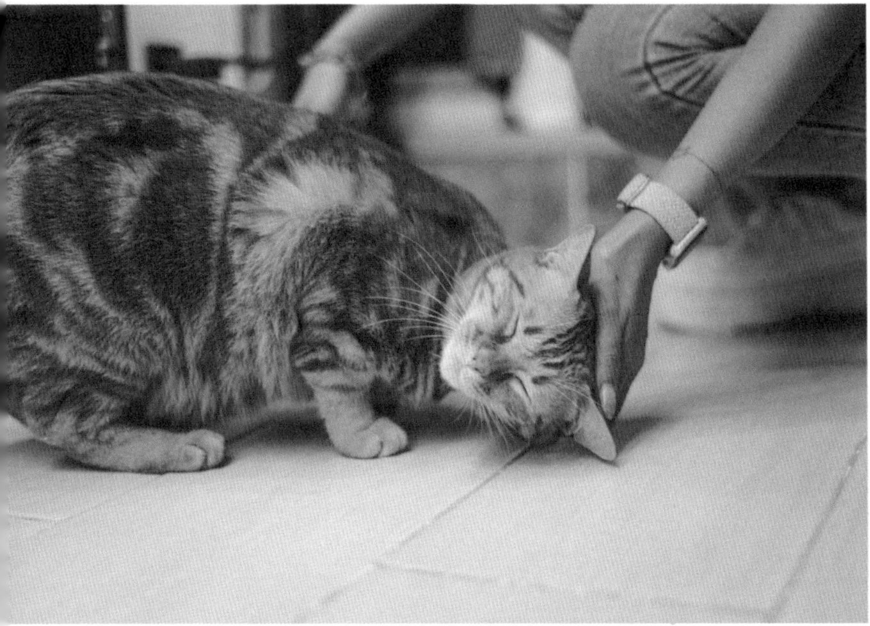

律師信

大黃 / 妹豬

收到律師信，伯伯眼睛不夠清楚，握著手中薄弱的白紙，一讀再讀，上面的字他懂，加在一起就像外國話。他不敢相信自己雙眼，那張白紙在說話，呢呢喃喃，兩把女人聲，要他支付十八萬，因為代買食物餵大黃和妹豬，因為代照顧了貓，因為代帶貓去洗澡，這是照顧貓的收費。律師信的用字冷冽無感情，公事公辦的口吻，冷冷地迎面侵襲，所有的震驚一下子湧出來。製麵店開業六十幾年，養過的貓數不清，伯伯從來不知道鋪頭養兩隻貓，可以養到收律師信，也不知道人的心可以這樣被私心塗得烏黑。

那兩個女人經常來麵店，看大黃和妹豬，大黃在店外米粉堆上睡午覺，妹豬性格比較貼心，出門口玩得久了，會回頭進房找伯伯。兩個女人對著兩隻貓，雙眼發著光，請牠們吃美食，伯伯忙著造麵，她們幫忙帶兩隻貓去洗澡。墊支的洗澡費用，伯伯馬上清付，出來做生意講信譽，尤其他的年代教導他，失信為大，人與人的信任，最易被利益震盪而碎裂，錢財事必定要弄個清楚分明。女人們友善的眼神，嘴邊的笑，漏出一點一點違和，有另一種光隱約升起來，淡淡隱下去。

人能用人的規則，吃下貓的權利，

白紙上的黑色字，

禁止貓的自由意志。

伯伯由得大黃和妹豬跟人玩，兩隻貓個性討喜，過來看牠們的人，客人來玩，牠們怎樣都可以。兩隻都乖乖，未曾打爛或咬爛舖頭任何物事，懂得避，跳躍的敏捷包括小心謹慎。早上一開舖就竄出去門口，等人來找，相對高傲的大黃，牠若午睡，是如何都不想理人；妹豬性情窩心一點，都是女兒好，哄著伯伯，要陪他工作。

舖頭是直線串連的三個長立方，前面是舖，中間的房用來造麵，再進去，盡頭是天井，種些花草。有人來找貓玩，伯伯逕自走進店裡，穿過中房，待在天井掃落葉。

未教過牠們規矩，牠們的馴順很大部分藏在天性裡，從來不要伯伯勞心，外面的街道短而斜，直線交疊出來複雜的網。貓自己明瞭，不可以離開舖頭走遠，危險。大黃對危機的敏感，在牠體內安裝距離偵測器，安全的邊界何在，貓之友抱牠玩，走出二十步，牠開始喵聲響號，再多走十步，喵聲變調，摻和了一絲不安，危險，不可再越界。

放心待在中房做掛麵，六十幾年的絕活，中房窄小，但足夠伯伯施展身手，斗室便是製麵工廠。大機器吃下麵團，吐出長而薄的舌頭，切好的麵條高掛在兩排竹竿，雪白的麵條擱著，兩邊長又長地垂下，像是下雪時被凍住的雪，雪女的髮絲，順著風流晃。

同樣是麵粉，加入不同的材料，製作的時長與溫度調校過，成為另一些口味與形狀。貨架上方角鐵罐緊貼著鐵罐，幾十年歷史的，現在想買也買不到，仿製出來，也失去那個年代的質地。手寫紙條貼在罐子上，菠菜麵、魚蓉麵、蝦子麵、全蛋麵、鮑魚麵，剛造出來要捲起，乾了就變成麵餅。貨架上膠紙包好一斤的麵，散賣的麵餅裝入鐵罐，罐身有玻璃，方正的小小的窗口，菠菜麵放進去，染成草綠色玻璃，全蛋麵的窗口是薑黃，魚蓉麵染出再清淡一些的乳黃，蝦子在淺棕麵身染上啡色點狀，粗麵身在玻璃上是條紋。至於掛麵，一綑綑綁好的潔白無瑕，擺在櫥窗裡面的窗口，彷佛是七色琉璃馬賽克，鑲嵌著食的工藝。

大黃喜歡在貨架上睡午覺，熟睡不動，把自己的身體捲成一個大麵餅，淡白色麵團揉入全蛋麵，舖頭裡發酵醒麵，發成一隻大貓的形狀，尖尖的耳，長尾巴；黃白麵團分一半，捏出妹豬，再添加少許沉靜的墨色，牠比哥哥更穩重，黃白黑三色，站在彩色麵玻璃前面，特別地好看。

世上心裡生著病的人那麼多，表面不一定看得出，甚至，未達到疾病的辨識。只是，那份經由未知的事物扭曲的情緒，一旦從裂縫中爬出來，足以吞下人和貓。

打開門口做生意，數十年來閱讀許多人，活到今時，人心的操作依然猜不透。第一招不是律師信，女人揮著手上利是，一團紅色的影，說話聽起來輕飄飄，給伯伯一封大利是吧，兩隻貓轉讓給女人，算做向他買。瞬間，伯伯就反應過來，兩個女人想奪走他的大黃、他的妹豬。人的真實想法，就在一雙眼底下，瞳孔的收放不只是肌肉運動，還足以透露眼睛主人的靈魂信息，幽森森的深坑，底下不知有何物，但氣息已敗露。

貓與交易連起來，根本是一場錯亂的陰謀。素日裡伯伯也不緊張錢，客人愛看就看，不買亦可以，上了年紀便隨心，錢財是數字，唯有開心最是實在。開心就是，摸一隻貓的頭，牠們經過時，尾巴自在地擺動，掃到小腿。有可能是，貓從不害怕舖頭以外的事物，為了陪伴伯伯，牠們逗留在熟悉的麵粉味裡，伯伯以為貓加入他的領土，有可能是，是貓蒙養著伯伯。

大黃不賣。妹豬不賣。兩隻都不賣。

好一段時間，舖頭已經安裝閉路電視，擔當製麵店的門衛，晝夜張著圓面深黑的眼，掃射所有過路的人，伯伯始終無法全然放心。即使嘴上說，舖頭養貓為實用，街上有老鼠，自然要靠貓去捉。大黃和妹豬陪他，溢出舖頭貓的名義，彼此滋養出深入他內心的親密。離開難測的人心，能輕易做到，但與兩隻日夜相對的貓分別，那種難受是從身上剜下兩塊肉。

律師信是一張紙，紙張用來寫下或打印文字，文字是人類的活動、思想，人類要其他人類明白的訊息。這些訊息，噴墨在紙上印著的條例，從上而下賦予，貓聽不明人的法規，亦說不出人語。大黃和妹豬，無法使用人類能明白的表達方法，抗議律師信的條文，對兩個女人說，我們從未同意被購買，並且被逼離開我們的家，和我們的伯伯。

一個人闖入另一個人的領土，有時會帶著私心、污穢、貪婪，比動物多出許多的野性。人的言語可以修飾，臉上的表情也可以改造，任何涉及慾望的狀況，幾乎無例外地扭曲。帶著善意的樣子親近，而往往，嘴裡吐出的喜歡，與他們手裡做的事並不相稱。

人能用人的規則，吃下貓的權利，白紙上的黑色字，禁止貓的自由意志。想搶奪別人的貓，可以在紙上編織從未發生的事，試圖用脅逼，使人心生畏懼，打亂人的意志來達到目的。如果貓覺得人礙眼時，也可以團結起來，有哪些牠們能夠運作的法規，驅逐入侵的人類；又如果，人和人之間自訂關於貓的規則，貓有話語權修改，貓想，貓覺得，貓提出，如果這些話有機會擺在人的語境裡。

怎樣來的，就怎樣奉還。疼愛貓兄妹的貓友熱心幫忙，誰也不願牠們像物件一樣被隨意掠奪，伯伯去找區議員求助，也找了律師，以律師信回敬律師信。至於後來的情節，解決的過程，它是過去的事。一封信，它可以打撈出沒有發生過的事嗎？不存在的情節，扒開表皮，底下是虛無的，要從無裡面種出有，種不出來，因為從來都沒有。要把他人拉進幽深無底的泥沼，首先，要真的有個泥沼。這一點，貓比人類誠實，牠們見到兜裡沒有食物，了解那是沒有，不會裝出吃喝的樣子。

保住相守相依的貓便足夠，事情的開場複雜，去到尾升，沒有大快人心的對質。複雜或是簡單，視乎拿到劇本的人怎麼演繹，伯伯的純樸，願意歸於柔軟慈悲。已成過去的人，自此消失，每天又有新的事情，當作生了一場病，早上醒來，它又比昨日退淡。擾人的事若是浮起，煮個手打魚蓉麵，不夠的話，那就煮多一份掛麵，順著絲滑的麵條吞嚥，消化掉。

日正當午，太陽滾燙地烙在地上。細心留意，光線照在頭頂的話，腳下的影子會縮成小小一團黑色，煩心的人或事，那些滋擾，邪惡的氣息終究被壓制。舖頭裡，伯伯在造麵，貓兄妹在店外自己玩，追來追去，追累了就選個位置休息，一切，只是淡靜地演繹著尋常的快樂，貓翻身，打個呵欠，耳邊傳來機器有規律的節奏。

沉香爐

妹妹

你來到銅鐵店裡，原只是想買一管上好的沉香。這裡賣的是天然貨，粘粉比例少，純，不是加香精的廉價香。三月回南天，空氣的濕度沾滿家居所有物事，也想買聖木燒一下，驅散那繚繞的濕，好緩和身上的春睏。

銅鐵店開業五十多年，未進門廊，就擺放著各種類的香，整整齊齊地排列在小貨架上。提神的檀香，安神的沉香，鼠尾草和聖木常用來淨化鬱霾氣場，乾枯的大地色調，風乾

養貓的人就會明白，貓有各自的性情，
不要狹窄地說貓應該如何如何做，
擺出看透貓的態度，其實一無所知。

過後的薄荷綠，抽掉所有水份的枯茶色和黃唐色，包裝緊裹住，你還是能從目測的色調，配上印象中的氣味。

門外的大地色一路長到店裡面，令你當下誤以為，只有單色系。視線由全景聚焦到近鏡，店盡頭的高櫃，堆放黃銅佛像、觀音、動物造型銅雕，底下陳列著幾盤中國老式黃銅鎖，長型銅條，薄片狀的鎖匙，金條一樣堆放；左邊半人高的玻璃展示櫃放著高檔次的香，右邊層層疊疊的置放架，擺放各款水晶鑲件，旋轉架勾上護身符。後方有幾級樓梯，鋪著白和粉的細瓦片，那個白，舊得微微泛灰，看不出它五十幾年前的原色，樓梯止於門廊，光管稍暗，轉角之後的地方，照不光，青白的光線通往一片迷離。

但你猜對，穿過去便是後居，店裡面剪下來一片舊時代。舊得，你幾乎可以穿越面前褪色的景象，看見清晨時分，七十年代的男人穿著的確涼袖衫，下身深色喇叭褲，落樓準備開店。門前生果攤飄來水果香，賣水果的人叫賣，好靚生果，埋嚟揀啦喂——

你正想開口問，但是，有一女子，正跟老細說話。纖瘦的細肩，臉是過於尖細了，打扮樸素，頸上掛著一台單反相機，手上紙筆飛快抄筆記。你聽見對話裡，有好幾個「貓」字，養貓的你不禁好奇，畢竟，你買沉香的首要條件，是不傷家裡的貓。

老闆娘今天不在，老細看到你來，回答你對沉香木珠的疑惑，你的興趣，卻已轉而投向貓的敘述。

店舖無一處不顯露貓的痕跡，貓毛零散沾在貨物上，你順著岫玉手鐲上面的灰毛團，視線流向地下，貓從玻璃櫃後面探出頭。鉑灰色柔軟短毛，扁面扁鼻，好像臉曾經撞在牆上那樣扁平，看起來天生一張沉鬱臉。妹妹，老細叫牠，名叫妹妹的貓稍一抬眼，妹妹，讀音是 mui6 mui6，你和女子也試著呼叫貓，貓分明聽見，蹲坐的姿勢卻未動。見了她抬眼，才知道是真貓，那凝定的固體狀，沉調的毛色，融入環繞牠背景所有物品，貓不過是一尊披上毛皮的銅像。

嚓，點一爐香，沉香燒出淡白煙線，老細請你們聞聞。燒香獨有的木味，摻著熬蔗糖的濃甜，又像是加熱蜂蜜四散的糖香。煙的氤氳微濃，一路煙炎張爪亂撓，撓到人心裡去，你且安靜，顯嗅聞著香的盛宴，傾聽老細一邊摸著妹妹順滑的毛，說出店和貓的故事。

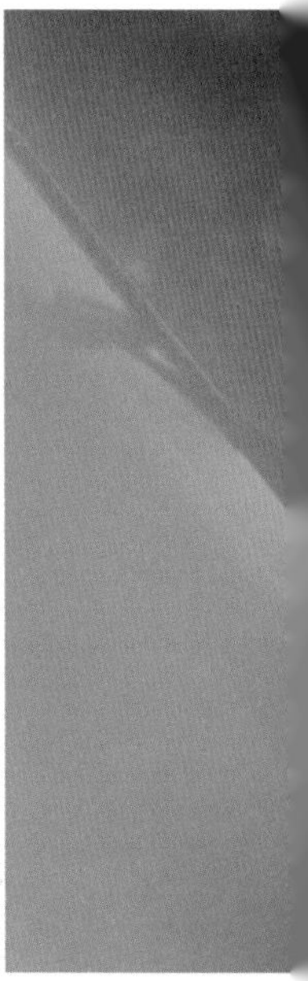

銅鐵店並非第一次出現貓，七十年代，城市的衛生不好，店鋪養貓治鼠是平常事。店外有人擺攤賣水果、零食，收攤之後仍然放在店外，惹來野鼠肆虐。老細父親幾十年養過好幾隻貓，貓是門衛，抵擋入侵的惡鼠，家家都養，就是無人養來欣賞漂亮可愛，那個時代，栽種閒情的餘暇是奢侈品，貓需要靠著勞力證明自己活著的價值。迥異於如今貓奴認知，艱苦的舊時，人打拚，貓亦然。

故事說下去，老細長大後養起貓來，是否童年貓的影子在內心生了根，也無從稽考。網上偶然看見是領養，妹妹三歲半才來到，前主人久纏病榻，太過頻繁出入醫院，留下妹妹孤零零守在家裡，終將危害貓。只能橫下心，為妹妹找個好人家，算是盡了一場主僕情分。非關遺棄，但以放棄和分離來為牠著想，概念之複雜，超出貓的智力，辨識不清人類諸般糾結的思潮，

來到陌生地方，就會怕。家貓變成舖貓，是逼於無常的妥協，妹妹離開自己的家，肉身在店面，內心還要穿過深且窄的路障，方能真正來到。初來乍到，甚麼都不同了，沒有一件事是牠能理解的，青白階磚的樓梯，未見過，不知道爬上去的方法，貓族天生的輕功

失靈，逐級逐級試爬，小心謹慎，幾級樓梯像通天那樣高。

養貓的人就會明白，貓有各自的性情，不要狹窄地説貓應該如何如何做，擺出看透貓的態度，其實一無所知。

老細和父親對貓抱持不同心態，小時候對貓的印象零零星星，流傳下來，濾去貓對人的服侍，只剩下喜愛。他的貓，負責過得舒適安然，女子和應，貓當好一隻貓便可以，無需貼上前設。是的，你認同。

人類把貓的血脈交混，生出漂亮的異國短毛貓，出生就是賞玩用途，嬌養慣的。妹妹欠缺貓捕鼠追鳥的野性，在銅鐵店聽見暗角有聲，未幾，一隻碩大的黑鼠溜出來，初次見到老鼠，貓當下錯愕，呆滯不知反應。住下來便習慣，英雄再見亦常人，但是，趣緻的扁面扁鼻子，不具備叼咬獵物的功用，捕獵者應有的結構被硬生生擠進頭顱，好像用熨斗來回壓過一樣，嗅覺也遲鈍，為了人類的喜好，擔當造物主的角色，削去貓的天性。

妹妹時常呆滯，整顆心與肢體好像走慢了的鐘，跟老店一樣停留在消逝的時日中。這樣的慢半拍，使牠反倒添幾分老派的端正，牠身上的時間，與現世的光陰有時差，不留神

觀察，會以為貓是雕像，跟供在這裡的所有銅像一樣。銅製品多與佛教有關，雅色熒熒，莊嚴的，神聖的，蘊釀著慈藹的氣場，小型寺廟，供著一頭貓。貓時而獨立在門口，發著呆，風吹得身上舒暢，心無一物可攪動，意識清淨得涼爽爽的。門外，煙民撕下香煙包裝，隨手甩進風裡，透明膠紙輕飄飄地飛起來，像一條無根萍，牽走貓整個心神，牠能默不作聲地看半天。

有時店外有白鴿，靜態變成動態，貓爪一伸，撲著玩，蝴蝶沿路飛過，又去追趕翅膀的軌跡。但是靜慣了的貓，一旦動起來，肢體也像是負重般，快得有點慢，一張扁面無甚表情變化，如一地收斂情緒。

膽怯的貓需要放風，起初，老細放心不下，悄悄地吊在妹妹後頭，石屎街道承擔城市的繁鬧，貓足加入鞋履的隊伍，一不小心走遠。怕牠習慣走遠，玩散了心，遇上歹人時已經太晚，唯有抱牠回店裡困籠，略施小懲，對貓沒辦法講解人類的壞心眼，更不可以打罵，人類的罪，貓不需要承擔。教貓比教仔容易，妹妹很快明白，銅鐵店兩條街之內可以玩，此外禁足。

貓帶磁力，把十字路口的人吸過來，四個方向的人止步，圍成人的籠子，貓在其中受觀賞。除了老細兩夫妻，牠不喜人近，初來到新地方，完全不能近身，一摸就躲藏到暗角不出來，如今已進步不少，至於是否你心中要求的友善和親熱，那倒是未必，貓的生命，從沒有討人類歡心的選項。妹妹身上有股看不見的磁場，一旦有人走入貓的結界，牠便收止腳步，扁臉隱約透露出戒備和拘謹。

女子提著相機拍牠，牠不回應呼喚，下意識別過臉去，避開快門的玄黑眼睛。尊重貓的意願，相機放下來，女子不再趨前追拍，她退後幾步，靠著店裡的擺設隱匿鏡頭，安靜下來等待，等牠自己願意移動，不相逼。你也不近貓身，知道貓也需要尊重。

來店裡的客人輪流轉，不消老細教牠，妹妹曉得有些客人愛牠，有些並不。曾經有個女人帶著兒子，路過門口，男童見著貓安樂站在門口，他的反應是，上前踢開妹妹。對，非摸非抱，是踢，足球可以踢，地上的空汽水罐可以踢，貓亦歸類為可踢的玩物。女人全程看著兒子無端對貓施以暴力，沒有制止或教育，老細趕忙喝止男童，抱走妹妹，玩物被奪走，男童發怒罵老細，女人還是不作反應。沉默是許可，可能兒子已經踢過很多貓，或是狗，或是任何觸動他的事物，大人默不作聲，孩童接收到空氣中的許可，發洩著，蠻暴隨意噴發，相比溫文的貓，更像是未經馴化的動物。

稚子並無機會，了解到生命的意義，長成一個對萬物心懷敬意的人。城市的渦流深沉，對動物無愛的人，養出更多漠視生命的人，由動物付出代價。

沉香未燒完，它是香也是藥，有鎮靜功用，濃郁而溫潤地滋養心神。老細有空會燒香，上好的香，動物也能夠安寧。妹妹總會溫順地薰香，煙霧淨化牠的形體、情志、心念。走

進店的氛圍，顏色帶來舒心的質地，沉香薰得你也平靜下來，講話自然收細聲音，放緩下來，世俗諸多煩心事自然地排除門外。你執起一竹管沉香，打開蓋子，深吸一口，想到貓的穩重，婉順揉合銅鐵店冷冷靜靜的古色，如若一個巨大的香爐，放著貓，籠著出塵的氣場，全然消去過往曾經的起伏。

人怎樣對待動物，便知他心中燒的是一爐好香，抑或壞。薰著沉香的妹妹，一歪頭，枕在老細的胸口，老細摸順牠的毛髮，燒香的人，指縫還透露著餘韻。

最後的冬天

貓貓／豆豆

人類又再溫柔地抱起我，
我挨著她的體溫，
準備潛入夢裡。

我時日無多了，自己知道的，這不是人類所說的「咒自己」，貓本來就比人類敏銳很多。第十九個冬天，氣溫反覆在暖和冷搖晃，人們不像我有厚皮毛，要穿上黑的白的啡的藍的粉的外套，頸上圍著頸巾，自製的保暖皮毛，好像他們也變成一隻貓，有趣。但是我那麼肉厚，也老得著涼了，這次著涼不同以前，肚子裡有些不同的感覺，不過，我不會用人類的說話形容。

因為天冷，路過的人變少，大風把街上的人吹走了。幸好貓有避風站，蜷在溫暖的紙箱睡覺，紙箱打側立起，開口向著室內，風吹不進來。豆豆不怕寒風，站在許多塊木板堆疊起來的平台，望著外面。木材店有的是木板，門口擻出開闊的木平台，還有高階低台，專屬紙皮，四隻肉球可以任意伸展。

經過的人，腳步會因為我們而放慢，人們看我們，是老街道的風景，我的眼中，人來人往是流動的風景，會動的東西比較吸引。

——貓貓。

誰？懶得張開眼，眼皮好重。

——貓貓。

是誰？前所未有的疲累，毯子一樣沉沉包裹著我，呼，想多睡一會。

——貓貓，貓貓。

這次是熟悉的聲音，像糖果，輕柔地敲著我。

沒錯我的名字是「貓貓」，名字以那個人類喜愛的命名，喜歡得，要疊起來叫兩次。眼皮撐開一條小縫，是她，好的，眼睛就再撐大一點。習慣的氣息，還是想親近一些。兩隻手摸上來，細長的手指，跟我的圓形肉球長得不像，但溫度是相融的。

半歲以前的事，我不太記得，在街上生活的殘影有時閃過，混雜著肚子餓和害怕，不舒服，不願意回想。人類的家人在野外撿拾我，跟著他們到店裡的一段，我老了，還記得清楚，豆豆則是由垃圾桶搬家過來，跟我在店裡作伴，我也記得牠來的那刻。豆豆比我小七歲，一起住很多年了，人類曾經帶我們回到他們稱的家，那裡有另外兩隻貓，可是我們老貓跟少貓有代溝，性情不合。所以，我們選擇這家店做家，跟豆豆作伴那麼多年，不愛玩，彼此在懶洋洋這點，很是志同道合。

修長的手抱起我，我很愛挨在人類的胸懷，從小便是，她身上的氣味令我安心。豆豆膽小不親人，她伸手也不行，會閃躲到一邊，嗯，更好，我獨佔一個人類。

有時她不搬木板，站著伸懶腰，我就瞄準機會，一跳跳上她身上，她就會幫我按摩，我便期待著她幫我綁繩，帶我出門，到附近的小巷散步。小時候這裡有隻黑色大狗，我跟牠相伴長大，牠也是這樣跟著人類出去逛，可是狗嫌我腳短，走得太慢，不肯陪我出去。店外的風景跟店裡不同，顏色多很多，可惜啊豆豆，那麼怯，車輛駛過的聲響都會嚇怕牠，縮到貨架的角落裡，人類總是哄很久，牠才肯走出來。

木材砌成的店，雖然是非常老舊，抬頭便看到一塊一塊的灰剝落，窗框的綠色浮起啡色點點，比我年紀更老。人類和家人們工作時，有一片很大的銀色圓形，長著小小的牙齒，一咬，木板木條就會斷開，吐出啡色的粉末。我們住在店裡，守規矩，貨架只用來擺木材，木材不是用來玩的，包著木的紙箱禁止抓。

——貓貓、豆豆，這幾個紙箱可以玩。

我們才放心連環出拳。

豆豆留在安全木盒子，我明白的，經受過壞人類的惡意，牠在垃圾桶呼救許久，才逃得出來。對牠來說，外面是更大的垃圾桶，散發惡的臭味，壞人類內心的污穢，鋸木的聲音響得很，牠從來不怕，家的聲音。

所以，出去好，宅居也好。人類在我們之前，有養過其他貓，放養著，貓有權利自己選擇待在哪裡，人類沒有強逼貓做不願意的事。有一隻貓出去住幾天，回來又住幾天，吃飯之後，又跑出去玩，牠發現自己愛野外勝於店內吧，之後沒有再回來；又有一隻，木材

店晚上關門，牠找到空位偷走出去，從此再見不到牠。貓的天性無從更改，大家都在尋找自己的棲身地方，我們不想住人類的家，其他貓喜歡野外，我可以逛街，豆豆只願意留在店內。

貓生在世，很難不遇見人，人把好多地方圈起來自己用，我們去到哪裡，都有人的身影。人們要把他們的地方，捏成他們要的形狀，他們的身體和力氣比我們大，我只是一隻貓，無人聽得懂我的說話，留下一點地方給一隻貓和好多貓。

住在店面日子長，對動物有壞心眼的人多起來，人類怕我們被偷，才幫我們綁繩子。

如果沒有遇見人類，我會否成為頑強的野貓，想像不到啊，反正，人類抱著我，尤其今個冬天這麼冷，溫暖就是我的不作他選。人類抱到手瘦，把我塞回去紙箱，好累，眼睛自動合上，身體在使用它預定好的力氣，快要用完，我就是知道。

——嚓、嚓、嚓。

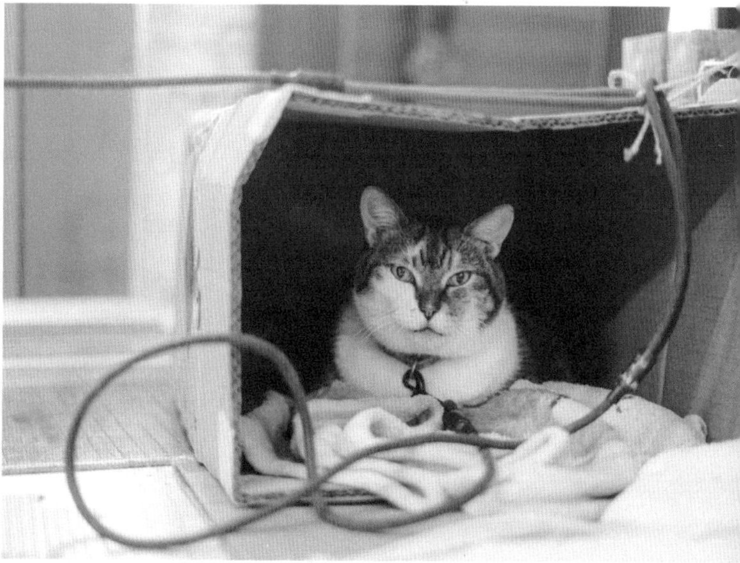

外面，有個女孩子進來，拿著黑色的盒子對著我，發出鈍鈍的聲音。

——兩隻貓好得意。

——貓貓跟豆豆長得好像啊。

還好吧，我長得比較圓，瘦瘦的豆豆跳得高一些。我跟豆豆不是血親。聽說人和人對得多，長相會變得似，可能我們相對十幾年，長著長著就參考了對方的模樣。喂，不要趁我閉目養神來摸我啊，除了人類，其他人要碰我，手上必先有食物。不過我使不出力來推開她，算了，人類對她友善，應該是好人來的。人有好有壞，我遇過壞的人，但是不可以將所有人當成壞人。

正如人類帶我來到這裡，給我吃飯，最近真的好冷，人類和家人很是緊張。我老了，即使肉再厚，仍然受不住寒冷，人類在我的窩貼上好多白色長方形，會發熱的。不過她不知道，我近來的病懨懨，不完全是因為天氣太冷，過幾天應該會變暖吧，我就要走了，希望那天會是晴天。

今天真是特別多感受，以前的事突然全部浮上來，肚子裡暖暖的，挨著人類、狗兄弟和豆豆的日子，飛快過去，真是好時光。

人類又再溫柔地抱起我，我挨著她的體溫，準備潛入夢裡。

舖貓紀

香港青年協會

hkfyg.org.hk | m21.hk

香港青年協會（簡稱青協）於 1960 年成立，是香港最具規模的青年服務機構。隨著社會瞬息萬變，青年所面對的機遇和挑戰時有不同，而青協一直不離不棄，關愛青年並陪伴他們一同成長。本著以青年為本的精神，我們透過專業服務和多元化活動，培育年青一代發揮潛能，為社會貢獻所長。至今每年使用我們服務的人次接近 600 萬。在社會各界支持下，我們全港設有 90 多個服務單位，全面支援青年的需要，並提供學習、交流和發揮創意的平台。此外，青協登記會員人數已達 50 萬；而為推動青年發揮互助精神、實踐公民責任的青年義工網絡，亦有超過 25 萬登記義工。在「**青協・有您需要**」的信念下，我們致力拓展 12 項核心服務，全面回應青年的需要，並為他們提供適切服務，包括：青年空間、M21 媒體服務、就業支援、邊青服務、輔導服務、家長服務、領袖培訓、義工服務、教育服務、創意交流、文康體藝及研究出版。

e·Giving

青協網上捐款平台
Giving.hkfyg.org.hk

香港青年協會　專業叢書統籌組

cps.hkfyg.org.hk

香港青年協會專業叢書統籌組多年來透過總結前線青年工作經驗，並與各青年工作者及專業人士，包括社工、教育工作者、家長等合作，積極出版多元系列之專業叢書，包括青少年輔導、青年就業、青年創業、親職教育、教育服務、領袖訓練、創意教育、青年研究、青年勵志、義工服務及國情教育等系列，分享及交流青年工作的專業知識。

為進一步鼓勵青年閱讀及創作，本會推出青年讀物系列書籍，並建立「好好閱讀」平台，讓青年於繁重生活之中，尋獲喘息空間，好好享受閱讀帶來的小確幸，以文字治癒心靈。

本會積極推動及營造校園寫作及創作風氣，舉辦創意寫作工作坊及比賽，讓學生愉快地提升寫作水平，分享創新點子，並推出「青年作家大招募計劃」、「校園作家大招募計劃」及「全港即興創意寫作比賽」，為熱愛寫作的青年提供寫作培訓、創造出版平台及提供出版機會。

除此之外，本會出版中文雙月刊《青年 空間》及英文季刊《Youth Hong Kong》，於各大專院校及中學、書局、商場等平台免費派發，以聯繫青年，推動本地閱讀文化。

「青年作家大招募計劃」

為了鼓勵青年發揮創意及寫作才能，本會自2016年開始推出「青年作家大招募計劃」，讓青年執筆創作，實現出書夢。計劃至今已為16位本地青年作家出版他們的作品，包括《慢遊小店》、《不要放棄「字」療》、《49+1生活原則》、《細細個嗰一刻》、《早安，島嶼》、《咔嚓！遊攝女生》、《廢青姊妹日常》、《生活是美好的》、《媽媽火車——尋找生活的禮物》、《數學咁都得？！22個讓你驚歎的小發現》、《雞先生的生活智慧》、《旅繪三國誌——藝遊緬甸、斯里蘭卡、尼泊爾》、《鯨歸何處》，以及今年獲選作品《舖貓紀》及《精神病，是咁的》；透過文字、相片、插畫，分享年輕人獨一無二的創作及故事。

鋪貓紀

出版	香港青年協會
訂購及查詢	香港北角百福道21號 香港青年協會大廈21樓 專業叢書統籌組
電話	(852) 3755 7108
傳真	(852) 3755 7155
電郵	cps@hkfyg.org.hk
網址	hkfyg.org.hk
網上書店	books.hkfyg.org.hk
M21網台	M21.hk
版次	二零二三年七月初版
國際書號	978-988-76280-0-2
定價	港幣100元
顧問	何永昌先生，MH
督印	徐小曼
作者、攝影	陳微
編輯委員會	黃好儀、周若琦、余晴峯
執行編輯	余晴峯、許建業
實習編輯	黃心怡、許綺霖、廖小暢、蔡旻羲
設計及排版	徐梓凱、Dan
相片後期	Zebi Tsang
製作及承印	活石印刷有限公司

Cats in Shops

Publisher	The Hong Kong Federation of Youth Groups 21/F, The Hong Kong Federation of Youth Groups Building, 21 Pak Fuk Road, North Point, Hong Kong
Printer	Living Stone Printing Co Ltd
Price	HK$100
ISBN :	ISBN : 978-988-76280-0-2